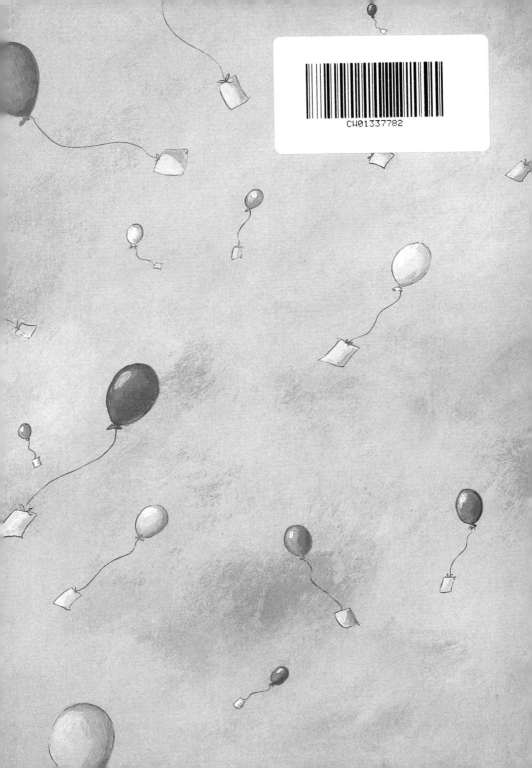

Isabel Abedi
Hier kommt Lola!

Alle Abenteuer von Lola:

Isabel Abedi

Hier kommt Lola!

Mit Illustrationen von Dagmar Henze

www.lola-club.de

Für Sofia, Moema und Papoula,
die auch einen Papai haben.
Für die echte Ziegenschule,
die auch 100 Jahre alt geworden ist.
Und für Martina M. Oepping,
die mir für Lola etwas geschenkt hat.

150 Jahre Loewe Verlag
Einmalige Jubiläumsausgabe 2013
Die Erstausgabe erschien 2004 im Loewe Verlag.

ISBN 978-3-7855-7790-5
© für diese Ausgabe 2013 Loewe Verlag GmbH, Bindlach
© 2004 Loewe Verlag GmbH, Bindlach
Umschlagillustration: Dagmar Henze
Umschlaggestaltung: Franziska Trotzer
Printed in Germany

www.loewe-verlag.de

INHALT

1.

WER ICH BIN UND WAS MEIN GRÖSSTER WUNSCH WAR

Meine Freundin sagt, bevor ich euch die ganze Geschichte erzähle, soll ich mich erst mal vorstellen. Und ich finde, wo sie recht hat, hat sie recht. Schließlich geht es in der Geschichte ja so ziemlich hauptsächlich um mich. Na gut, es geht natürlich auch um meine Freundin, aber die kann ich euch noch *nicht* vorstellen. Sonst wüsstet ihr ja, wie es ausgeht. Ich verrate nur, dass meine Freundin jetzt neben mir sitzt und mir beim Erzählen hilft. Aber schreiben, sagt sie, soll *ich* – und jetzt soll ich anfangen.

Also: Ich heiße Jacky Jones (ausgesprochen wird das: Dschäcki Dschohns) und ich bin 15 Jahre alt. Ich gehe zwar noch zur Schule, aber hauptberuflich bin ich Sängerin. Meine Popkonzerte haben massenweise Besucher und einmal habe ich sogar im Fernsehen gesungen. Seitdem bin ich berühmt.

Jetzt gebe ich jeden Tag mindestens 30 Autogramme. Vor allem auf Geburtstagspartys und in unserer Schule. Die ist jetzt auch berühmt, weil ich ja dort Schülerin bin. Auf dem letzten Elternabend wurde vorgeschlagen, unsere Schule in *Jacky-Jones-Schule* umzubenennen. Und unser Schuldirektor hat sogar ein Poster von mir an der Wand hängen. Darauf trage ich eine schwarze Lederjacke mit silbernen Stachelnieten und habe in jeder Hand ein Mikrofon.

Als berühmte Sängerin habe ich ziemlich viele Fans, wie ihr euch wahrscheinlich denken könnt. Ich verdiene auch ganz schön viel Geld mit meiner Singerei. So ungefähr zwei oder fünfeinhalb Millionen pro Lied. Von dem Geld spende ich immer etwas an die armen Kinder in Brasilien. Aber das meiste gebe ich aus. Für Rollerblades und Mountainbikes und natürlich für Hubba-Bubba-Kaugummi. Danach bin ich nämlich ganz verrückt. Neulich habe ich mir sogar einen eigenen Kaugummiautomaten gekauft. Der hing an einer Hauswand und weil das Haus so schön war, habe ich es gleich mitgekauft. Es hat vier Stockwerke und als ich es meinen Eltern gezeigt habe, haben sie vor Freude geweint. Dann haben wir alles eingerichtet, aber ich durfte die Stockwerke verteilen, weil ich das Haus ja gekauft hatte.

Mama gehört das erste Stockwerk. Dort hat sie das Krankenzimmer für ihre Patienten und ein großes Malstudio für sich selbst. Das zweite Stockwerk habe ich meinem Vater gegeben. Er hat einen Musikraum und ein Tanzstudio, denn Musik mag mein Vater auch. Nur berühmt ist er nicht, aber das bin ja dafür ich.

Oma, Opa und Tante Lisbeth wohnen im dritten Stock und ich selbst wohne im vierten. Dort habe ich fünf Zimmer: ein Kletterzimmer, einen Forscherraum, ein Gruselkabinett, ein Schwimmbad und eine Kinderdisco. Auf dem Dachboden ist unser Restaurant. Dort lade ich meine Fans manchmal zum Essen ein, bevor wir in die Disco zum Tanzen gehen.

Soll ich noch weitererzählen? Oder sollte ich an dieser Stelle vielleicht doch lieber sagen, dass all das natürlich nur dann mit mir passiert, wenn ich abends im Bett liege und nicht einschlafen kann?

Das kommt allerdings ziemlich oft vor. Jeden Abend, um ehrlich zu sein. Wenn Mama sagt, ich soll das Licht ausmachen, bin ich noch knallwach. Mama interessiert das nicht im Geringsten und ich habe das Gefühl, mit diesem Problem stehe (oder liege) ich nicht allein da.

Dabei hab ich wirklich alles versucht, um einzuschlafen, ich *schwöre*! Sogar Schäfchenzählen habe ich versucht, aber das war wirklich bescheuert. Bei mir sind die Schäfchen nämlich nicht gesprungen, sondern sie sind vor dem Zaun stehen geblieben und haben gebäht. Man konnte sie überhaupt nicht zählen, weil sie alle auf einem Haufen gestanden haben. Das hat mich irgendwann so hibbelig gemacht, dass mir die ganze Kopfhaut gejuckt hat. Und als ich die Schafe angeschrien habe, sie sollten jetzt VER-DAMMT NOCH MAL ENDLICH SPRINGEN, ist Mama reingekommen und hat gesagt, bei mir hakt es ja wohl, mitten in der Nacht so rumzukreischen. Als sie wieder rausgegangen ist, haben die Schafe alle im Chor gebäht und es hat sich angehört, als lachten sie mich aus. Es hat ewig gedauert, bis ich die ganze Herde wieder aus meiner Vorstellung weggescheucht hatte, und danach war ich sehr, sehr aufgeregt.

Als Nächstes hab ich es mit Pinkeln probiert, weil Oma immer sagt, wenn gar nichts mehr geht, geht man am besten aufs Klo, denn dabei kommt immer was raus. Also bin ich alle fünf Minuten aufs Klo gegangen und es ist auch immer was rausgekommen! Aber nach dem dreizehnten Mal hat Mama gesagt, wenn sie mich noch einmal auf dem Klo erwischt, zieht sie mir eine Windel an.

Tja. Und dann fingen die Krankheiten an. Sobald

das Licht ausging, fühlte ich mich schlecht. Aber meine Kopfschmerzen haben Mama gar nicht interessiert. Genauso wenig wie das Ohrensausen oder das Kratzen im Hals oder die Wachstumsschmerzen oder das plötzliche Schwindelgefühl. Und als ich einmal so gegen halb elf ins Wohnzimmer kam, um Mama mitzuteilen, dass ich gerade einen Herzanfall hatte, gab es sogar richtig Ärger. „Noch ein Wort und ich reiß dir den Kopf ab", hat sie gebrüllt.

Sind alle Mütter so herzlos? Oder nur meine, weil sie Krankenschwester ist?

Was mir also dringend fehlte, war eine nächtliche Beschäftigung, aber da ist mir erst mal nichts Ordentliches eingefallen. Es ist nämlich ziemlich schwierig, sich zu beschäftigen, wenn man im Dunkeln liegen muss und nicht mucksen darf, weil einem die eigene Mutter sonst den Kopf abreißt. Ich habe mir so leidgetan, dass ich am liebsten gar nicht mehr *ich* sein wollte.

Also fing ich an, mir vorzustellen, wer ich wohl wäre, wenn ich nicht *ich* wäre. Und dann ist mir plötzlich eine ganze Menge eingefallen. Ich war Feuerwehrfrau, Piratin, Detektivin, Waisenkind und einmal war ich sogar tot. Das war nach einem Streit mit meinen Eltern. Meine Güte, haben die vielleicht geweint. Aber

15

am nächsten Morgen haben wir uns wieder vertragen und seitdem bin ich Sängerin.

Jetzt bin ich jede Nacht beschäftigt und meine Vorstellungen sind manchmal so aufregend, dass ich davon erst recht wach werde. Vor allem, als ich das Haus mit den vier Stockwerken gekauft habe. Mindestens bis Mitternacht hat es gedauert, bis alles fertig eingerichtet war!

Richtig müde bin ich dann erst morgens und Mama schimpft, weil ich dunkle Schatten unter den Augen habe.

„Lola", sagt sie dann. „Lola, hast du wieder mal die halbe Nacht wach gelegen und dir Geschichten ausgedacht?"

Wie ihr seht, heiße ich tagsüber also nicht Jacky Jones. Tagsüber habe ich auch kein Haus mit vier Stockwerken. Und 15 Jahre bin ich auch nicht alt. Ich bin neun. Neuneinhalb, um genau zu sein. Aber in diesem Alter kann man als Sängerin – glaube ich – noch nicht so richtig berühmt werden. Deshalb mache ich mich in meinem nächtlichen Leben einfach etwas älter. Und Jacky Jones klingt für eine Sängerin ja auch irgendwie cooler. Das sagt sogar meine Freundin, obwohl sie meinen richtigen Namen mag.

Mein richtiger Name ist Lola Veloso. Lola war Mamas Idee und Veloso heiße ich, weil mein Vater Veloso heißt. Und mein Vater heißt Veloso, weil er aus Brasilien kommt. Deshalb nenne ich meinen Vater immer Papai, weil das Papa auf Brasilianisch heißt. Papai wird *Papei* ausgesprochen, das klingt so schön weich, finde ich. Auf Brasilianisch klingen ganz viele Wörter weich. Papai spricht oft brasilianisch mit mir. Er sagt, er findet es wichtig, dass ich seine Sprache kann. Aber ich glaube, er findet es auch wichtig, dass er sie selbst nicht vergisst. Papai lebt nämlich schon sehr, sehr lange in Deutschland. Hier haben er und Mama sich auch kennengelernt. Auf einer Zugtoilette, echt wahr! Aber das ist jetzt wirklich eine andere Geschichte.

Meine Geschichte begann an einem Mittwoch nach den Osterferien. An einem Mittwochmorgen um halb acht.

Ich saß mit Mama am Frühstückstisch und war so hibbelig, dass wieder meine ganze Kopfhaut juckte. Diesmal aber nicht wegen der Schafe, sondern weil dieser Mittwoch mein erster Schultag war. Nicht der allererste natürlich, schließlich ist man mit neuneinhalb keine Erstklässlerin mehr.

Ich war letzten Sommer in die Dritte gekommen. Aber ein erster Schultag war es für mich trotzdem – weil ich auf eine neue Schule kam.

Wir waren nämlich umgezogen, von einem ziemlich kleinen Ort in eine ziemlich große Stadt. Das mit dem Umzug muss ich jetzt auch noch kurz erzählen, aber dann habe ich mich hoffentlich richtig vorgestellt und die Geschichte kann losgehen.

Also: Die Stadt, in die wir gezogen sind, heißt Hamburg und liegt an der Elbe. Die Elbe ist ein Fluss. Wir sind natürlich nicht wegen der Elbe nach Hamburg gezogen, sondern wegen Oma und Opa und Tante Lisbeth. Und wegen des Restaurants natürlich. Und aus dem kleinen Ort weggezogen sind wir wegen Papais Hautproblemen.

Aber nicht dass ihr jetzt denkt, Papai hätte Ausschlag oder komische Krankheiten oder so was. Die hat eigentlich eher Mama, weil ihre Haut so hell ist. Wenn Mama Erdbeeren isst, kriegt sie lauter Flecken, und wenn die Sonne scheint, muss sie sich sofort eincremen, sonst wird sie rot wie ein Krebs.

Papais Haut ist kaffeedunkel und er kann so viele Erdbeeren essen und so lange in der Sonne liegen, wie er will. Papais Hautproblem waren die Leute aus unserem Ort.

Da, wo wir wohnten, hatte nämlich fast niemand dunkle Haut. Sogar ich habe helle Haut und helle Haare und hellgrüne Augen habe ich auch. Papai sagt, das kommt, weil Mamas Gene stärker waren. Das soll wohl heißen, dass ich von Mama mehr Aussehen geerbt habe als von Papai.

Aber ich habe nicht verstanden, warum die Leute aus unserem Ort mit Papais Haut ein Problem hatten – und Mama hat gesagt, so was versteht im Grunde kein normaler Mensch.

Demnach gab es in unserem Ort anscheinend ziemlich viele unnormale Menschen. Denn *dass* die Leute dort mit Papais Haut ein Problem hatten, war so klar wie Kloßbrühe. Die Frau im Supermarkt hat immer ein Gesicht gemacht, als hätte sie gerade in eine grüne Zitrone gebissen, wenn Papai an die Reihe kam. In meiner Schule haben sie geflüstert, wenn Papai mich abgeholt hat. Und beim Schulfest hat mich eine aus der Vierten gefragt, ob mein Vater sich eigentlich nicht wäscht. Dafür musste ich ihr natürlich eine scheuern. Aber das mit dem Flüstern hat nicht aufgehört.

Als dann irgendwann *Neger gehören in den Urwald* auf unserer Hauswand stand, hat Papai gesagt, es reicht. Zwei Monate später sind wir umgezogen.

Nicht in den Urwald natürlich, sondern wie gesagt nach Hamburg.

Hier haben viele Menschen dunkle Haut und bis jetzt habe ich noch keinen gesehen, der ein Problem damit hat. Papai ist jetzt viel besser gelaunt als frü-her und das finde ich sehr, sehr schön. Unsere neue Wohnung finde ich auch schön. Sie hat zwar drei Stockwerke weniger als das Kaugummiautomatenhaus aus meiner Vorstellung, aber dafür wohnen Opa, Oma und Tante Lisbeth in der Wohnung über uns. Das ist in einer großen Stadt viel wert, sagt Mama. Mamas Krankenhaus ist mit dem Auto 20 Minuten weit weg und das Restaurant von Papai und Opa fünf Stationen mit der U-Bahn.

Aber an dem Mittwoch, an dem die Geschichte anfing, war das Restaurant noch nicht eröffnet. Es musste erst renoviert werden. Und ich musste meinen ersten Schultag hinter mich bringen.

„Jetzt findest du bestimmt bald neue Freundinnen", sagte Mama, als sie mich an diesem Morgen zur Schule brachte.

Und Freundinnen, die wollte ich so schnell wie möglich finden! Vor allem eine beste Freundin. Um ehrlich zu sein: Eine beste Freundin wünschte ich mir mehr als alles andere auf der Welt. Viel mehr, als

Jacky Jones oder Sängerin oder Besitzerin eines Kaugummiautomatenhauses mit vier Stockwerken zu sein. Denn was nützt einem all so was, wenn man keine Freunde hat? (Meine Freundin sagt, es nützt einem gar nichts.)

Doch als ich am Mittwochmorgen um eine Minute vor acht die Klinke zu unserer Klassenzimmertür runterdrückte, da hatte ich noch keine Freundin. Ich hatte nur ein komisches Gefühl im Bauch. Und dieses komische Gefühl flüsterte mir zu: Lola, Lola, das mit der besten Freundin wird keine leichte Sache.

2.

VIER MÄDCHEN
UND EIN FREIER PLATZ

Außer mir kenne ich noch fünf andere Kinder, die umgezogen sind. Na ja, ich kenne sie nicht wirklich, aber ich habe ihre Geschichten gelesen. In Büchern. Und irgendwie kennt man die Menschen in Büchern ja auch, finde ich. Manchmal sogar besser als die Menschen im richtigen Leben.

Jedenfalls fanden die fünf Bücherkinder es alle bescheuert, umzuziehen. Sie fanden auch erst mal alles und jeden in ihrer neuen Heimat bescheuert. So wie Hanni und Nanni, von denen mir Mama neulich den ersten Band geschenkt hat. Hanni und Nanni sind Zwillinge, die in ein Internat umziehen müssen. Die wollten am Anfang noch nicht mal neue Freundinnen finden, weil sie alles so bescheuert fanden. Oma hat mit Mama geschimpft, weil sie die Hanni-und-Nanni-Bücher bescheuert findet. Aber Mama hat gesagt, Hanni und Nanni waren das Glück ihrer Kindheit und Oma soll sich nicht so anstellen. Tut sie aber trotzdem.

Oma arbeitet dreimal in der Woche in einem Buchladen. Sie verkauft aber nur Bücher, die sie mag, und manchmal bekommt sie deshalb Ärger mit ihren Kunden. Einmal hat Oma einen Kunden sogar angemeckert, weil er für seine kleine Tochter ein Bilderbuch kaufen wollte, das Oma nicht mochte. Echt wahr! Ich war selbst dabei, weil Tante Lisbeth und ich Oma an diesem Tag im Laden besucht haben. Das Bilderbuch hieß „Hüpf, hüpf, Hopsi Häschen" und als der Kunde es bezahlen wollte, hat meine Oma ihm das Buch aus der Hand gerissen und geschimpft: „Solche Bücher sind Kindesverblödung!"

„Aber erlauben Sie mal", hat der Kunde gerufen, „Sie haben das Buch doch selbst in Ihrem Laden, wie können Sie denn so etwas sagen?" Meine Oma hat gesagt, sie hätten dieses Buch nur deshalb im Laden, weil ihre Chefin keine Ahnung hat – und jetzt solle sich der Herr gefälligst ein *anständiges* Buch für seine Tochter aussuchen, wenn er noch einen Funken Verstand im Kopf hätte. Da hat der Kunde meiner Oma einen Vogel gezeigt und ist aus dem Laden gegangen.

Meine Oma war sauer. Aber ich glaube, ich wäre

auch rausgegangen. Ehrlich gesagt fand ich ihr Benehmen auch sehr ungezogen. Papai sagt immer, „der Kunde ist König", und mit Königen darf man doch so nicht sprechen, oder? Außerdem hab ich „Hüpf, hüpf, Hopsi Häschen" auch gelesen und fand, dass der kleine rosa Plüschhase sehr süße Ohren hatte. Mit echtem Glitzer, und wenn man an ihnen gerubbelt hat, haben sie nach Vanille gerochen. Außerdem hat Hopsi Häschen beim Hüpfen ganz viele Freunde gefunden, genau wie Hanni und Nanni am Schluss auch. Da fanden die beiden ihr neues Zuhause auch gar nicht mehr bescheuert.

Ich fand mein neues Zuhause von Anfang an nicht bescheuert. Schon damals wusste ich, dass es mit einer besten Freundin sogar das beste Zuhause auf der ganzen Welt sein würde! Aber als ich mich an diesem Mittwoch durch die Tür in die Klasse schob, wurde das komische Gefühl in meinem Bauch noch stärker und meine Knie fühlten sich auf einmal ein bisschen an, als wären sie aus warmer Butter.

Das Klassenzimmer war schon ziemlich voll. Die meisten Kinder liefen herum oder hockten hinten in der Bücherecke und zwei Jungs bewarfen sich vorne an der Tafel mit nassen Schwämmen. Klatschpatsch. Patschklatsch. Das sah lustig aus. Vor allem, weil der

24

eine den anderen immer genau ins Gesicht getroffen hat. Als ich mich genau umsah, merkte ich, dass eigentlich fast alle Kinder Jungs waren. Jedenfalls entdeckte ich nur vier Mädchen. Die saßen alle an einem Gruppentisch.

Das eine Mädchen hatte noch dunklere Haut als Papai und ungefähr tausend kleine Zöpfe auf dem Kopf. Das Mädchen neben ihr hatte einen roten Pferdeschwanz. Das Mädchen gegenüber hatte blonde glatte Haare und das Mädchen daneben hatte braune Locken. Alle vier sahen sehr nett aus. Das Dumme war nur, dass an ihrem Tisch kein Platz mehr für mich war. Meine Kopfhaut fing wieder an zu jucken und ich traute mich nicht, zum Mädchentisch hinzugehen. Erst recht nicht, als das Mädchen mit dem roten Pferdeschwanz dem Mädchen mit den tausend Zöpfen etwas ins Ohr flüsterte. Das fand ich gemein. Aber dann lächelte mich das blonde Mädchen an und das fand ich lieb. Ich lächelte zurück, traute mich aber immer noch nicht, mich zu bewegen, und dann kam zum Glück die Lehrerin. Sie legte mir die Hand auf die Schulter und sagte: „Du bist bestimmt Lola, dann such dir mal einen schönen Platz. Vielleicht da vorne, da ist noch was frei."

Sie zeigte auf einen Tisch, an dem schon zwei Jungen saßen. Der eine hatte ganz lange Haare, der andere ganz kurze. Aber beide hatten sie dunkle Haut, genau wie mein Papai und genau wie das Mädchen mit den tausend Zöpfen, das fand ich gut. Es hatte so was Vertrautes. Ich setzte mich auf einen der freien Plätze ihnen gegenüber. Der Platz neben mir blieb leer. Das fand ich blöd und wünschte mir, dass noch ein Mädchen kommen würde.

Eine halbe Stunde später, der Unterricht hatte längst angefangen, kam dann wirklich noch ein Mädchen. Plötzlich musste ich an meinen Opa denken. Der sagt nämlich immer: „Mit Wünschen muss man vorsichtig sein, sonst erfüllen sie sich und dann hat man den Salat."

Ich hatte nie verstanden, was er damit meint.

Jetzt verstand ich es.

3.

DAS PROBLEM MIT DEM
BUCHSTABEN F

Ich hasse Fisch. Nicht im Aquarium oder im Meer. Solche Fische finde ich toll. Ich hasse nur Fisch als Essen. Aber da hasse ich ihn sehr, sehr, sehr.

Das Mädchen, das jetzt in die Klasse kam und sich auf den freien Platz neben mich setzte, *roch* nach Fisch. Von oben bis unten. Sie war ein sehr, sehr kleines und sehr, sehr dünnes Mädchen und ich konnte gar nicht glauben, wie viel Geruch auf so wenig Körper passt. Das Schlimmste waren die Haare. Schwarze, wild vom Kopf abstehende Haare, in denen sich der Geruch festgesetzt hatte. Und das ALLERSCHLIMMSTE war, dass das Mädchen außen saß und ich innen. So musste ich mein Gesicht in den Fischgeruch hineinhalten, wenn ich mitbekommen wollte, was die Lehrerin erzählte.

Unsere Lehrerin heißt Frau Wiegelmann und sie erzählte gerade, dass wir bald ein großes Fest feiern würden, weil unsere Schule 100 Jahre alt würde, und das wäre ein sehr besonderer Geburtstag. Dann verteilte sie zum Glück neue Lesebücher und sagte, wir dürften jetzt ein bisschen darin blättern.

Ich steckte meine Nase so tief ins Buch, dass ich riechen konnte, wie neu die Seiten waren.

Tipp-tipp. Es klopfte. An meine Schulter.

„Ich heiße Flora", sagte das Mädchen neben mir. „Und du?"

„Lola", murmelte ich und roch an einem Text, der von Äpfeln und Birnen handelte.

„Dann ist dein Spitzname bestimmt *Lo*", sagte das Mädchen. „Weil meiner nämlich *Flo* ist!"

Nein, mein Spitzname war nicht *Lo*. Das hätte ich dieser *Flo* auch gerne gesagt. Aber dann hätte sie wieder was gesagt und dann hätte ich wieder etwas sagen müssen. Und das konnte ich einfach nicht. Ich konnte diese Flora Flo nicht riechen!

Meine Freundin sagt, ich soll mich nicht immer so anstellen, aber die hat gut reden. Erstens musste sie nicht neben einem Floh sitzen, der wie ein gebratener Walfisch roch, und zweitens mag sie Fisch.

„Hey, wieso sagst du denn nichts?", fragte Flo.

Ich hielt die Luft an.

„Bist du taub?", zischte Flo.

Ich atmete durch die Nase aus und durch den Mund ein. Wenn man durch den Mund einatmet, riecht man nicht so viel. Den Trick hatte Mama mir eine Woche vorher verraten, als wir auf der Reeperbahn in einer Fischbude waren. Mama liebt nämlich Fisch.

„Du bist nicht taub, du bist bescheuert", knurrte Flo. „Eine bescheuerte Zimtzicke, genau wie die anderen."

Ich überlegte, ob ich jetzt doch etwas sagen sollte. Aber dann klingelte es zur Pause.

Ich wartete, bis alle draußen waren. Dann ging ich zu Frau Wiegelmann. „Ich möchte bitte einen anderen Platz", sagte ich.

Frau Wiegelmann lächelte mich an. „Warum denn das?"

„Wegen dem Fischgeruch", sagte ich.

Frau Wiegelmann seufzte. Das Seufzen klang ein

bisschen so, als hätte sie diesen Satz schon öfter gehört.

„Stört es dich sehr?", fragte sie.

Ich nickte, ich konnte nicht anders. „Sehr, sehr", sagte ich.

Frau Wiegelmann seufzte wieder. Dann sah sie sich im Klassenzimmer um und zeigte auf einen Vierertisch gegenüber. „Ich habe es eigentlich nicht gerne, wenn sich die Kinder umsetzen. Das ist jetzt eine Ausnahme, weil da drüben noch ein Platz frei ist. Wenn du willst, kannst du dort sitzen. Aber dabei bleibt es dann, okay?"

Erleichtert nahm ich meine Tasche und zog um. Ich hängte meinen Schulranzen an den Haken und legte das Buch auf den Tisch. Von hier sah das Klassenzimmer ganz anders aus. Ich konnte auf die Wand gucken, der ich vorher den Rücken zugedreht hatte. Ich konnte auch das große Bild sehen, das an der Wand hing. Es war ein Buchstabenposter. Das ganze Alphabet war drauf. Und jedem Buchstaben war ein Tier zugeordnet. Ich sah den Affen neben dem A und den Bären neben dem B und den Elefanten neben dem E.

Dann sah ich das F. Und neben dem F saß ein Frosch.

Ich presste beide Hände vor die Augen. Ich biss die

Zähne zusammen. Ich betete, dass ich nicht umfiel oder verrückt wurde oder starb.

Ihr wollt jetzt bestimmt wissen, warum. Ach je. Muss ich das wirklich erklären?

Meine Freundin sagt, ich muss es erklären, weil es zur Geschichte gehört. Und weil es sonst niemand kapiert.

Also gut. Das mit dem Fisch ist eine Sache. Den kann ich nicht essen und nicht riechen, aber mit Fröschen ist es noch viel schlimmer. Habt ihr schon mal was von einer Phobie gehört? Eine Phobie ist eine sehr, sehr schrecklich große Angst und ich kenne dieses Wort auch nur, weil ich selbst darunter leide. Nicht unter dem Wort natürlich, sondern unter der Krankheit. Denn eine Phobie, sagt Mama, ist eine Art Krankheit. Man kann eine Phobie vor allem Möglichen haben. Manche Menschen haben zum Beispiel eine Spinnenphobie. Wenn diese Menschen eine Spinne sehen, dann sagen sie nicht *Bääh* oder *Iiih* oder *Pfui Spinne* oder irgend so was. Menschen mit einer Spinnenphobie werden komplett verrückt, wenn sie eine Spinne sehen. Sie haben Angst, ohnmächtig zu werden oder zu sterben, wenn sie eine Spinne sehen. Selbst wenn sie winzig klein ist.

Und Mama kennt eine Frau, die hat eine Knallphobie. Diese Frau fürchtet sich vor allem, was knallt. Sogar vor Sektkorken. Und Silvester liegt die Frau dann kreischend im Bett und hält sich die Ohren zu, damit sie das Knallen der Feuerwerksraketen nicht hören muss. Also, diese Frau tut mir sehr, sehr leid, denn Feuerwerk ist für mich das Allergrößte. Spinnen mag ich auch, sogar Vogelspinnen.

Dafür habe ich diese schrecklich große Angst vor Fröschen. Niemand weiß, warum. Ich weiß es auch erst, seit Mama mir das Märchen vom Froschkönig vorgelesen hat. Schon beim Lesen wurde mir schlecht. Aber dann hat Mama mir das Bild gezeigt. Es war ein sehr, sehr großes Bild, das Mama ganz dicht vor meine Nase gehalten hat. Da habe ich so geschrien, dass unsere Nachbarn die Polizei gerufen haben. Mama wollte mit mir zum Arzt, aber davor hatte ich *noch* mehr Angst. Seitdem mache ich um Frösche einen großen Bogen. Das ist manchmal ziemlich schwierig. Ihr glaubt ja nicht, wie viele Frösche es auf der Welt gibt. Und wie viele *Bilder* von Fröschen. Jetzt sogar in meinem neuen Klassenzimmer. Frau Wiegelmann konnte ja nicht wissen, dass ich eine Froschphobie habe.

„Was ist denn mit dir los, Lola?", hörte ich sie fragen. Vor meine Augen hatte ich ja noch immer die Hände gepresst.

„Nichts", flüsterte ich, als ich wieder sprechen konnte. Ich wollte Frau Wiegelmann nichts von meiner Phobie erzählen. Erst Fische, dann Frösche. Die würde ja denken, ich wollte sie veräppeln. Oder ich hätte ein Problem mit dem Buchstaben F.

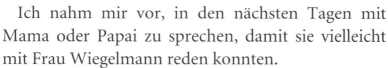

F wie Fisch.

F wie Frosch.

F ... wie Flora Flo!

Oje!

Ich nahm mir vor, in den nächsten Tagen mit Mama oder Papai zu sprechen, damit sie vielleicht mit Frau Wiegelmann reden konnten.

Nicht wegen Flora oder dem Fischgeruch.

Sondern wegen der Frösche.

Mama hatte auch mit den Lehrern in meiner ersten Schule über meine Phobie geredet, weil wir dort den Frosch einmal im Naturkundeunterricht durchgenommen hatten. Da durfte ich für diese Stunde in eine andere Klasse.

Aber jetzt musste ich erst mal sehen, dass ich von hier wegkam. Ein Frosch im Rücken war schlimm genug. Aber jeden Tag darauf zu *gucken*, das würde ich nicht aushalten. Das war fast so schrecklich wie ein echter Frosch und viel, viel schrecklicher als der Geruch nach Fisch.

„Ich glaube, ich bleibe doch lieber an meinem alten Platz", murmelte ich. Dann ging ich mit gesenktem Kopf zurück.

Frau Wiegelmann strahlte mich an. „Das freut mich, Lola. Das freut mich wirklich sehr."

FALSCHE FARBE
UND RICHTIGE BLASEN

Als ich nach Hause kam, war Mama schon weg. Ins Krankenhaus zum Arbeiten. Sie sagt, es ist das schönste Krankenhaus der Welt. An diesem Mittwoch hatte sie Spätschicht und würde erst am Abend zurückkommen. Dafür war Papai da und hatte brasilianische Bohnen gekocht. Die kann Oma nicht riechen. Aber ich liiiiiiiiebe brasilianische Bohnen und Mama mag sie auch. Selbst wenn sie danach immer pupsen muss. Wir alle müssen nach den Bohnen pupsen. *Knatter, knatter, knatter.* Es ist ein richtiges Pupskonzert. Papai und ich finden es lustig. Mama nicht. Sie sagt, sie kennt eine Geschichte von einem Mann, der sich einmal zu Tode gepupst hat. Aber das glaube ich ihr nicht so richtig. Mama kennt dauernd irgendwelche komischen Geschichten und Papai und ich verdrehen dann manchmal die Augen.

„Na, Cocada, wie war's in der Schule?", fragte Papai, als er mir an diesem Mittag einen großen Teller Bohnen hinstellte. Cocada ist eine brasilianische Kokosnusssüßigkeit. Und Papai nennt mich so, weil er Kokosnüsse liebt.

„Gww ws", antwortete ich mit vollem Mund. Das sollte heißen: „Gut war's". Und es war auch gar nicht richtig gelogen.

Denn nach der ersten Pause wurde es wirklich noch ganz gut. Flo hat wegen der frischen Luft ein kleines bisschen weniger nach Fisch gerochen, obwohl es immer noch so schlimm war, dass ich nicht mit ihr reden mochte. Aber sie hat auch nicht mehr mit mir geredet.

Dafür hat mich Annalisa in der zweiten Pause gefragt, ob ich Lust habe, mit ihr und Frederike Seil zu springen. Annalisa ist das Mädchen mit den blonden Haaren und Frederike ist das Mädchen mit den braunen Locken. Später sind auch Sila und Riekje dazugekommen. Sila ist das Mädchen mit den tausend Zöpfen und Riekje die mit dem roten Pferdeschwanz. Ähnlich sehen sich die beiden gar nicht, aber sie kleben zusammen wie siamesische Zwillinge und haben die ganze Pause durch gekichert, ohne dass ich verstanden habe, warum. Das war schade.

Im Geheimen hatte ich mir ein bisschen gewünscht, dass vielleicht Sila meine beste Freundin werden könnte. Wegen der dunklen Haut. Ich hatte nämlich noch nie ein Mädchen mit dunkler Haut kennengelernt. Aber Sila war immer nur mit Riekje zusammen, das hat auch Annalisa gesagt. Und wenn jemand schon eine beste Freundin hat, kommt man bestimmt nicht so leicht dazwischen.

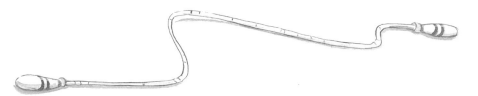

Annalisa und Frederike fand ich aber auch nett. Obwohl ich ehrlich gesagt überhaupt nicht gerne Seil springe. Ich wäre lieber zu den Ziegen gegangen, die auf unserem Schulhof ein Gehege haben. Oder zur Kampfbrücke. Die Kampfbrücke ist ein Wackelding, auf dem immer zwei Kinder aufeinander zugehen und miteinander ringen, bis eines von ihnen runterfällt. Das fand ich ziemlich interessant und habe beim Seilschlagen immer wieder hingeschaut. Aber da standen nur große Jungs – und Flo. Da hab ich schnell wieder weggeschaut.

Aber das wollte ich Papai jetzt alles gar nicht erzählen. Ich hasse es, direkt nach der Schule zu erzählen, wie es in der Schule war.

Also sagte ich nur: „Gww ws."

Papai sagte: „Das freut mich."

Er sagte das natürlich auf Brasilianisch. Aber ich schreibe es auf Deutsch, sonst versteht es ja keiner.

Dann fragte Papai, ob ich Lust hätte, nach dem Essen mit ihm ins Restaurant zu kommen. Natürlich hatte ich Lust! Das Restaurant liegt am Hafen und es ist ein wunderwunderschönes Restaurant. Damals war es allerdings noch eine ziemliche Baustelle. Überall hingen Kabel aus den Wänden und von der Decke bröckelte der Putz. Papai und Opa hatten von morgens bis abends alle Hände voll zu tun. Opa gehört nämlich die Hälfte des Restaurants. Natürlich ist das Restaurant nicht in zwei Hälften geteilt, das sähe ja bescheuert aus! Opa hat die Hälfte bezahlt und er hat Papai beim Renovieren geholfen.

Als wir an diesem Tag ins Restaurant kamen, hatte Opa die Kabel schon in der Wand versteckt und war gerade dabei, die Farben für den Anstrich zu mischen. Vor ihm stand ein großer Farbtopf mit weißer Farbe. Dahinein wollte er gerade grüne Farbe schütten.

„HAAAAALT!", schrie Papai. „BIST DU *WAHNSINNIG*?!"

„Was denn, was denn?" Opa kippte sich die grüne Farbe fast übers Knie, so sehr erschrak ihn Papais Geschrei.

„DAS IST GRÜN!", rief Papai.

„Grün?" Opa runzelte die Stirn. „Wieso Grün? Das ist Orange."

„Ist es eben nicht." Papai raufte sich die Haare. Opa ist farbenblind, müsst ihr wissen. Aber er ist ein sehr guter Maler und ein sehr, sehr guter Handwerker.

Papai hielt Opa den Topf unter die Nase. „Grün", sagt er. „Grün wie eine deutsche Sommerwiese. Hier steht es sogar."

Opa starrte auf die Aufschrift, die wirklich sehr klein war.

„Oh", sagte er beschämt. „Was für ein Glück, dass ihr gerade gekommen seid."

Ja, das war wirklich ein Glück. Weiß mit deutschem Sommerwiesengrün passt vielleicht zu einer Gärtnerei. Aber doch nicht zu einem Restaurant!

Also ging Papai neue Farbe holen und ich blieb mit Opa im Restaurant. Ich setzte mich auf die eine Leiter und Opa setzte sich auf die andere Leiter. Ich steckte mir zwei Hubba-Bubba-Kaugummis mit Colageschmack in den Mund und die anderen beiden gab ich Opa.

„Schön gelb", sagte Opa, als er die Kaugummis ausgewickelt hatte.

„Nein", kicherte ich. „Schön braun."

Opa steckte sich die beiden Hubba-Bubba-Kaugummis in den Mund und kaute. „Stimmt", sagte er und verzog das Gesicht. „Cola. Igittigitt!"

„Gar nicht igittigitt", sagte ich. Erwachsene wissen manchmal wirklich nicht, was gut ist.

Aber dann haben wir Kaugummiwettblasen gemacht und hatten sehr, sehr viel Spaß dabei! Opa kann nämlich die besten Kaugummiblasen der Welt machen. Eine war so groß, dass sie auf seinem ganzen Gesicht zerplatzte. Und Opa hat ein großes Gesicht. Ein richtiges Mondgesicht, mit einer dicken Knubbelnase und lieben, lustigen Augen.

Als Papai zurückkam, durfte ich beim Mischen helfen. Opa kippte die orange Farbe in den großen weißen Farbtopf. Dann mischte Papai noch ein bisschen Gelb und ein bisschen Braun dazu und am Ende hatten wir einen wunderschönen Farbton, den Papai zufrieden „Terrakotta" nannte.

Jetzt konnten wir mit dem Streichen anfangen.

Opa malte die Ecken und Ränder. Papai und ich strichen die Wände. Dazu hatten wir Rollpinsel. Oder Pinselroller? Egal. Jedenfalls diese Dinger, die aussehen wie flauschige Drehwürste auf einem Besenstiel. Die machten vielleicht lustige Geräusche, als wir sie über die Wand rollten! *Zwischschschiwwwuschhhh!* Und *sabbbschhhh*! Ich fühlte mich wie ein richtiger Malermeister und eine richtige Malermeistermütze hatte ich auch. Die hatte Opa mir aus Zeitungspapier gemacht. Nur einen Maleranzug hatte ich nicht. Mama schimpfte wie ein Rohrspatz, als Papai und ich nach Hause kamen, denn Malerfarbe geht nur ganz schwer rauszuwaschen. Meine Arme waren auch ganz besprenkelt, deshalb schickte mich Mama vor dem Abendessen in die Badewanne.

Unser Badezimmer war damals noch nicht fertig renoviert. Das Licht funktionierte nicht und die Badezimmertür hatte innen keine Klinke. Dadurch konnte man die Tür nur von außen schließen, aber dann von innen nicht mehr öffnen. Und baden musste man immer mit Kerzen, sonst war es stockdunkel. Ich fand das nicht schlimm, aber Mama störte es. „Wann kümmerst du dich endlich drum?", fragte sie Papai beim Abendessen.

„Morgen", sagte Papai.

„Morgen, morgen. Das sagst du schon seit Tagen", brummte Mama. „Ich kenne eine Geschichte von einem Mann, der hat seiner Frau sieben Jahre lang versprochen ..."

„Und ich", unterbrach sie Papai, „kenne eine Geschichte von einer Frau, die hat seit sieben Tagen nicht mit ihrem Mann getanzt!" Er zog Mama vom Stuhl hoch, legte ihr beide Hände um die Hüften und wirbelte sie in wilden Kreisen durch die Küche. Dabei sang er: „TRALLA-LA-LAAAAAAA!"

Mama kreischte. Ich lachte. Ich liiiiiiiebe es, wenn Papai solche Sachen macht. Und Mama liebt es, glaube ich, auch.

TANTE LISBETH UND DIE BÜHNE

Bevor ich ins Bett musste, kamen uns noch Oma und Tante Lisbeth besuchen. Tante Lisbeth hatte schon ihren Schlafanzug an und hickste dauernd, weil sie Schluckauf hatte. Oma setzte sich zu Mama in die Küche und Tante Lisbeth setzte sich auf meine Bühne. Ich habe nämlich wirklich eine Bühne. Eine ganz tolle. Sie war meine Idee und Opa hat mir geholfen, sie zu bauen. Über vier Betonsteine haben wir ein großes Brett gelegt. Rechts und links daneben stehen zwei Umzugskartons mit Löchern drin. Das sind die Lautsprecherboxen. Damit sie noch echter aussehen, habe ich sie schwarz angemalt.

„Na, Tante Lisbeth, wie findest du meine Bühne?", fragte ich.

„*Hicks*", sagte Tante Lisbeth und fing an zu singen: „La, la, la-*licks*!" Dazu steckte sie sich mein Mikrofon in den Mund. Das Mikrofon war eine kleine, leere Colaflasche mit Papier drum herum. Das sabberte

Tante Lisbeth jetzt voll und als ich ihr die Flasche wegnahm, fing sie an zu schreien. „Rabäää, rabäää, ra-*bäcks!*"

„ALLES OKAY?", rief Oma aus der Küche.

Ich steckte Tante Lisbeth einen Hubba-Bubba-Kaugummi in den Mund.

„Alles okay", rief ich zurück.

Oma ist immer sehr besorgt, wenn es um Tante Lisbeth geht. Tante Lisbeth ist ja auch erst zwei Jahre alt und ein bisschen wie Omas erstes Kind. Eigentlich ist natürlich *Mama* Omas erstes Kind. Aber als Oma Mama bekommen hat, war Oma erst 17 Jahre alt und Opa war 22. Sie waren wirklich sehr, sehr junge Eltern. Jetzt sind sie sehr, sehr alte Eltern. Denn als Oma Tante Lisbeth gekriegt hat, war sie schon 45 und Opa war 50. Aber das hat ihnen nichts ausgemacht. „Wenn wir mit 17 und 22 gute Eltern sein konnten, dann können wir es mit 45 und 50 erst recht", hat Oma gesagt. Und Opa hat gesagt, das stimmt.

Oma und Opa sind auch wirklich gute Eltern. Und gute Großeltern! Und Tante Lisbeth ist eine sehr, sehr tolle Tante, auch wenn sie erst 80 Zentimeter groß ist und viele Dinge nicht richtig versteht.

„Also", sagte ich zu Tante Lisbeth und hob sie von der Bühne runter. „Du setzt dich jetzt auf den Boden und bist mein Fan. Und ich bin Jacky Jones und sing dir was vor. Ja?"

„*Jacks*", sagte Tante Lisbeth. Ich glaube, das sollte „Ja" heißen, denn sie ließ sich von mir auf den Boden setzen.

Ich schnappte mir das ange-
sabberte Mikrofon und sang.

„O-jä, jä, jääääää!", sang ich.
„Jää, jää, jääää!" Dabei klim-
perte ich mit den Augen
und wackelte mit dem
Po. So machen echte
Sängerinnen das näm-
lich. Zum Schluss ver-
beugte ich mich. „Du
musst klatschen, Tante
Lisbeth", rief ich. „Und wenn du willst, kannst du auch kreischen und dich vor mir auf den Boden wer-
fen." Das machen nämlich echte Fans.

Aber Tante Lisbeth klatschte nicht. Sie kreischte auch nicht. Sie schluckte nur. Und dann wurde sie plötzlich ganz lila im Gesicht.

„Du darfst doch dem Kind keinen Kaugummi ge-
ben", schimpfte Oma, nachdem sie meine Tante auf den Kopf gestellt hatte. Zum Glück kam der Kau-

gummi wieder raus und der Schluckauf war auch weg.

„Aber wenn ich Tante Lisbeth keinen Kaugummi gegeben hätte, dann hätte sie mein Mikrofon gegessen", brummte ich.

Mama strich mir tröstend über den Kopf. „Mit kleinen Tanten muss man vorsichtig sein, mein Schatz. Das weißt du doch."

Als Oma und Tante Lisbeth weg waren, sang ich noch ein bisschen für mich allein. Aber irgendwie war das langweilig. Und als ich abends im Bett wieder richtig Jacky Jones wurde, war mir plötzlich auch langweilig. Deshalb baute ich Annalisa mit in meine Vorstellung ein.

Annalisa wurde meine Mitsängerin und wir gaben ein sehr, sehr großes Konzert. Unsere Fans kreischten und warfen sich vor uns auf den Boden. Das war echt toll!

Zum Schluss sind wir dann alle zusammen in mein Haus mit den vier Stockwerken gegangen. Ich habe allen eine Runde Hubba-Bubba-Kaugummis mit Coca-Cola-Geschmack spendiert.

Papai hat im Restaurant Pommes und Würstchen für alle gekocht und danach haben wir in meiner Disco getanzt, bis uns die Füße wehtaten. Es war eine wunderbare Nacht!

Bevor ich einschlief, dachte ich, vielleicht hat Annalisa ja wirklich Lust, mal mit mir auf die Bühne zu gehen. Und ich glaube, ich träumte davon, sie zu fragen.

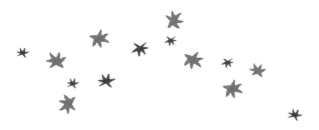

6.

DAS HUHN, DAS EI, DER HAHN UND DIE ZIEGEN

Bis ich Annalisa wirklich fragte, verging noch eine sehr lange Zeit. Zwei Schultage und ein Wochenende, um genau zu sein. Und *als* ich sie fragte, passierte etwas sehr, sehr Schreckliches. Aber meine Freundin sagt, so was erzählt man der Reihe nach.

Der nächste Tag war also ein Donnerstag und als ich in die Klasse kam, war der Platz neben mir wieder leer. Wir hatten Naturkunde und unser Thema war *Das Huhn und das Ei*. Frau Wiegelmann wollte wissen, wer von den beiden zuerst da war.

Annalisa meldete sich. „Das Huhn", sagte sie.

Frau Wiegelmann lächelte. „Aber woher kam das Huhn?"

„Aus dem Ei!", rief Sol, ohne sich zu melden. Sol ist der Junge an meinem Tisch. Der mit der dunklen Haut und den ganz langen Haaren.

„Richtig", sagte Frau Wiegelmann.

„Dann war halt das Ei zuerst da!", rief Riekje.

Frau Wiegelmann legte den Kopf schief. „Aber wer hat dann das Ei gelegt?"

„Das Huhn!", schrie Ansumana, der andere Junge an meinem Tisch. Die Klasse stöhnte und Frau Wiegelmann lachte. „Über diese Frage haben sich schon die klügsten Menschen gestritten", sagte sie. „Und niemand hat eine richtige Antwort gefunden. Wir wissen nur, dass die Hühner aus den Eiern kommen – und die Eier aus den Hühnern."

„So", rief Sol und sprang von seinem Sitz auf: „So kommen die Eier aus den Hühnern." Er hockte sich auf den Boden, als ob er Aa machen wollte. Dann sprang er wieder auf, flatterte wild mit den Armen und rief mit gackriger Stimme: *„Gooock-gock-gock,* ich hab ein Ei gelegt! *Gooock-gock-gock,* ich bin so aufgeregt!"

Die anderen Kinder mussten lachen. Ich natürlich auch. Sol macht dauernd so witzige Sachen.

„Setz dich wieder hin, Sol", sagte Frau Wiegelmann und zog ein weißes Ei aus ihrer Tasche. „Wer von euch weiß denn, wie so ein Ei entsteht?"

„Durch Sex", rief ein Junge, der Jonas heißt.

Die Klasse kicherte und Frau Wiegelmann nickte.

Dann erklärte sie uns, wie die Hähne auf die Hühner draufspringen und mit ihnen Sex machen. „Das nennt man ‚befruchten‘", sagte sie. „Und dabei entsteht das Ei. Im Grunde so wie bei uns Menschen auch."

Jetzt schoss mein Finger in die Höhe. „Aber bei uns springen doch die Männer nicht auf die Frauen drauf!", rief ich. Jedenfalls konnte ich mir nicht vorstellen, dass Papai gackernd und flatternd meine Mama ansprang.

Die anderen Kinder mussten wieder lachen und Frau Wiegelmann diesmal auch. „Das stimmt, Lola", sagte sie. „Ich denke, wir Menschen machen es uns dabei ein bisschen gemütlicher."

In diesem Moment ging die Tür auf. Ein schwarzer Zauselkopf lugte ins Klassenzimmer. Frau Wiegelmann seufzte. Ich hielt die Luft an. Flo roch schon wieder wie ein gebratener Walfisch.

„Entschuldigung", piepste sie. Dann setzte sie sich neben mich, gähnte – und zehn Minuten später war sie eingeschlafen.

PONG, fiel ihr Kopf auf den Tisch.

Sol bewarf sie mit Papierkügelchen. Ich sah ihn böse an. Für mich war es ja nur gut, dass Flo schlief. So konnte ich wenigstens über ihren Geruch hinwegsehen. Aber Frau Wiegelmann fand es nicht gut. Sie weckte Flo, notierte sich etwas in ihr kleines Notizbuch und seufzte dabei noch mal.

Als es zur Pause klingelte, ging ich schnurstracks auf Annalisas Tisch zu. Ich kratzte mir den Kopf, und das „Willst du" lag mir schon auf der Zungenspitze. Aber es kam nicht heraus. Weil Annalisa mich gar nicht richtig beachtete. Sie schoss an mir vorbei zur Tür raus und als ich auf den Schulhof ging, saß sie mit vier Mädchen aus einer anderen Klasse auf der Bank. Sie steckten die Köpfe zusammen und sahen ein bisschen aus wie Hühner auf der Stange. Da traute ich mich wieder nicht hinzugehen. Und heute lächelte Annalisa mich auch gar nicht an.

Also ging ich zu den Ziegen. Dass unser Schulhof ein Ziegengehege hat, habe ich euch ja schon erzählt. Die Ziegen heißen Flocke und Tupfer und sind sehr, sehr süß. Flocke ist ganz weiß, wie eine Schneeflocke. Und Tupfer ist hellbraun mit schwarzen Tupfern. Ihr Gehege ist ziemlich groß und es gibt sogar ein echtes Ziegenhaus darin.

„Na, ihr zwei", sagte ich.

„Bääääh", sagte Flocke.

„Ihr habt's gut", sagte ich.

„Bääääh", sagte Flocke.

„Weil ihr zu zweit seid", sagte ich.

„Bääääh", sagte Flocke.

„Genau", sagte ich.

Ich spreche keine Ziegensprache. Aber Flockes Antworten taten mir gut. Sie ist die Gesprächigere von den beiden und irgendwie glaube ich, dass sie mich versteht. Meine Freundin sagt, sie glaubt das auch.

Ich gab Flocke die Kruste von meinem Schulbrot. Jetzt musste ich auch seufzen.

Wie gerne wäre ich auch zu zweit gewesen!

Aber in der nächsten Pause war Annalisa wieder mit den Mädchen aus der anderen Klasse verschwunden. Riekje und Sila gingen Händchen haltend über den Schulhof. Frederike war nicht zu sehen und Flo spielte mit den Jungs aus der vierten Klasse Fußball.

Am Freitag schrieben wir einen Aufsatz über Hühner und Eier und in der ersten Pause fragte mich die Kuss-maschine, ob ich mit ihm und Ansumana Eis-Ticken spielen wollte. Die Kussmaschine heißt eigentlich Mario. Aber alle nennen ihn die Kussmaschine, weil er immer die Mädchen küssen will. Vor allem An-nalisa und Frederike. Er schleicht sich von hinten an und *patsch* hat man einen Kuss auf der Backe. Mich wollte er damals noch nicht küssen, wahrscheinlich weil ich neu war. Und weil Annalisa wieder mit den anderen Mädchen zusammensaß, spielte ich mit der Kussmaschine und Ansumana Eis-Ticken.

Eis-Ticken ist ein bisschen wie Fangen, nur lustiger. Wer getickt wird, wird zu Eis. Er muss dann stocksteif stehen bleiben, bis er von einem anderen erlöst wird. Dann darf er wieder laufen. Wenn der Fänger alle zu Eis getickt hat, muss der, der zuletzt getickt wurde, Fänger sein.

In der zweiten Pause spielten auch Flo und Frederike mit. Frederike kreischte immer, wenn sie getickt wurde. Flo wurde nie getickt. Sie war unglaublich schnell. Aber einmal fiel sie hin und schlug sich das Knie auf. Es blutete fies, aber Flo verzog keine Miene. Das fand ich ziemlich tapfer. In der Pause war ihr Fischgeruch auch nicht so schlimm. Aber im Klassenzimmer war er unerträglich. Ich musste ständig durch den Mund atmen. Warum konnte ich nicht am Tisch mit den anderen Mädchen sitzen? Und warum fragte mich Annalisa nicht wie am ersten Tag, ob ich mit ihr Seil springen würde?

Ich wäre stundenlang mit ihr Seil gesprungen, weil ich sie dann wenigstens hätte fragen können, ob sie meine Bühne sehen wollte. Ich überlegte schon, ob ich stattdessen lieber Frederike fragen sollte.

Aber als es zum Schulschluss klingelte, lächelte Annalisa mich dann doch wieder an. Jetzt, dachte ich. Jetzt frage ich sie. Ich wollte gerade zu ihr gehen, als mich Frau Wiegelmann zu sich an den Tisch rief. Sie fragte mich nach meiner Adresse. Die brauchte sie noch für die Klassenliste. Ich wohne in der Bismarckstraße 44 in 20259 Hamburg.

Als ich das alles aufgesagt hatte, war Annalisa verschwunden.

„Glaubst du, Annalisa will meine beste Freundin werden?", fragte ich Flocke, als ich ihr vor dem Nachhausegehen eine Möhre ins Gehege warf.

Flocke schaute mich aus ihren glänzend schwarzen Augen an und sagte: „Bäääääh!"

HAMBURG RÄUMT AUF
UND ICH FALLE IN OHNMACHT

Am Samstag besuchten Mama, Tante Lisbeth und ich Oma im Buchladen. Am Sonntag bekam das Restaurant eine Theke und am Montag war endlich wieder Schule. Ich war die halbe Nacht als Jacky Jones unterwegs gewesen und bekam am Morgen kaum die Augen auf. Aber beim Frühstück fing meine Kopfhaut wieder an zu jucken, weil ich so aufgeregt war wegen Annalisa und ein bisschen auch wegen dem Ausflug.

Frau Wiegelmann hatte uns für heute bei einem Projekt angemeldet. Das Projekt hieß „Hamburg räumt auf" – und unsere Klasse war dabei! Wir durften Müllmänner und Müllfrauen sein und bekamen echte Müllsäcke und Müllhandschuhe.

Unser Revier war der Weiherpark in der Nähe unserer Schule. Frau Wiegelmann war natürlich auch dabei – und sogar ein echter Reporter und ein echter

Fotograf. Der Fotograf hieß Olaf Wildenhaus und war der Freund von Frederikes Mutter. Der Reporter hieß Herr Lettenewitsch und erzählte uns, dass wir in einer Woche in die Zeitung kommen würden. Das fand ich natürlich toll. Aber noch toller fand ich, dass ich heute nicht am Tisch neben Flo saß.

Beim Aufsammeln hielt ich mich immer dicht an Annalisas Seite. Sie hatte anscheinend nicht so viel Spaß. Ständig verzog sie das Gesicht, hob mit spitzen Fingern Zigarettenkippen auf und einmal quiekste sie ganz laut: „*Iiiiih.*" Das war wegen einer nackten Barbiepuppe, die am Teichufer lag.

„Cool", rief Ansumana, der in unserer Nähe sammelte. „Eine Wasserleiche!"

Der Fotograf machte ein paar Bilder von der Barbie. Dann machte er ein Foto von Sila. Die hatte im Gras eine Spritze entdeckt. „Hey, kommt mal gucken!", rief sie und wollte gerade ihre Hand nach der Spritze ausstrecken, da hielt Frau Wiegelmann sie zurück. „In solchen Spritzen steckt Rauschgift", erklärte sie uns. „Die dürft ihr niemals anfassen."

Rauschgift ist eine Droge, das weiß ich von Mama. Das spritzen sich manche Leute in den Arm und davon werden sie ganz verrückt. Es ist auch sehr gefährlich, weil man von Rauschgift süchtig werden kann, sagt Mama. Ich finde es eklig, sich Gift in den Arm zu spritzen und kann mir nicht vorstellen, wieso man nach so was süchtig wird.

Frau Wiegelmann fasste die Spritze ganz vorsichtig mit den Müllhandschuhen an und steckte sie in ihren Müllsack. Zum Glück lagen sonst keine Spritzen herum. Dafür aber jede Menge Bierdosen – und Sol fand eine leere Schnapsflasche.

Die Kussmaschine entdeckte einen nagelneuen Lippenstift. Er war knallrosa und die Kussmaschine machte etwas Superlustiges damit: Sie bemalte sich die Lippen und schlich sich dann heimlich an Frederike heran. Die hockte gerade am Teichufer und sammelte Dosendeckel auf. PATSCH hatte sie einen knallrosa Kuss auf der Backe. Frederike schimpfte, aber wir anderen lachten uns kaputt. Ausgerechnet die Kussmaschine findet einen Lippenstift!

Ich fand aber auch was Tolles: einen Ohrring.

Er lag neben einem Baum und glänzte ganz golden. Ich dachte, den zeige ich jetzt Annalisa und dann frage ich sie, ob sie meine Bühne sehen will.

Ich tippte Annalisa auf die Schulter. „Guck mal."

„Oh", sagte Annalisa und beugte sich tief zu meiner Handfläche runter. „Der ist ja toll."

„Schenk ich dir", sagte ich.

„Danke!", sagte Annalisa.

Oh, dieses blöde Kopfhautjucken!

„Du kannst mich ja mal besuchen kommen", sagte ich leise und ein bisschen stotterig. „Dann zeige ich dir meine Bühne."

Annalisa öffnete den Mund. Ich wartete gespannt auf ihre Antwort. Und dann passierte das Schreckliche.

„Ist das nun Müll oder nicht Müll", hörte ich Flo hinter mir fragen. Ich drehte mich um und sah auf Flos ausgestreckte Hand. Der Fotograf war auch da. *Klack-klack* machte seine Kamera.

Annalisa quiekste. „*Iiiiih!* Ein toter Frosch. Der ist ja riiiiesig! *Iiiiih!*"

Ich quiekste nicht.

Ich presste mir auch nicht die Hand vor die Augen.

Weil ich mich nämlich nicht bewegen konnte.

Ich spürte nur so ein komisches Kribbeln. Diesmal im Kopf. Als ob Millionen winziger Ameisen durch mein Gehirn liefen. *Krabbelkrabbelkrabbel* machte das.

Und die Kamera machte: *Klack-klack, klack-klack.*

Jetzt liefen die Ameisen auch durch meine Arme und Beine und Knie und Füße.

Irgendjemand sagte: „Lola, du bist ja ganz blass!"

Dann wurde es dunkel.

Als es wieder hell wurde, lag mein Kopf im Schoß von Frau Wiegelmann. Um mich herum standen alle aus meiner Klasse.

„Du warst ohnmächtig", sagte Frau Wiegelmann ganz lieb.

Ein paar Kinder kicherten. Ein paar Kinder flüsterten. Und ein Kind sagte: „Quak."

Das war Flo.

Die kotzkackeblöde, fettfischig stinkende, furzfiese Flora Flo!

8.

ICH SCHREIE NEIN
UND ANNALISA SAGT JA

„Diese Flo konnte doch nicht wissen, dass du eine Froschphobie hast", sagte Mama, nachdem ich die ganze Geschichte erzählt hatte. Wir saßen mit Tante Lisbeth und Oma beim Mittagessen und ich fühlte mich noch immer wie ein schlabberiger Suppenbrösel.

„Na und", schimpfte ich. „Muss sie deshalb auch noch *Quak* sagen? MUSS sie das?"

„Aak", sagte Tante Lisbeth und patschte mit ihrem Löffel auf den Möhrenbrei. „Osch macht aak."

„Schnauze", murmelte ich.

„Lola!", sagte Oma.

„Ist doch wahr", brummte ich.

„Deine Mitschülerin wollte bestimmt nur Spaß machen", sagte Mama. Aber ich schenkte ihr nur einen bitterbösen Blick. Über Frösche spaßt man nicht. Das ist überhaupt kein bisschen lustig.

Oma steckte Tante Lisbeth einen Löffel Möhren-brei in den Mund. Das sah eklig aus, weil Tante Lis-beth den Brei mit der Zunge immer wieder raus-flutschen ließ und Oma ihn dann wieder neu in den Mund steckte.

„Also wenn du mich fragst", sagte Oma zu Mama, „dann solltest du mit dem Kind zum Arzt gehen."

Mama sah mich an. Sie zog die Augenbrauen hoch. Das macht sie immer, wenn sie entweder böse oder unsicher ist. Diesmal war sie unsicher, das wusste ich. Wir hatten dieses Thema schon ein paarmal gehabt. Da war allerdings immer Papai dabei gewesen und hatte mich beschützt. Er will nicht, dass Mama mich zu Dingen überredet, vor denen ich Angst habe.

Aber jetzt war Papai nicht dabei. Er war mit Opa im Restaurant und schliff den Holzboden ab.

„Ich will aber nicht zum Arzt", flüsterte ich und knautschte die grüne Serviette in meiner Hand zu einem dicken Ball zusammen. Hoffentlich würde das Gespräch nicht so lange dauern. Es ist nämlich so: Wenn ich lange über Frösche spreche, dann sehe ich sie auch in meiner Fantasie.

„Ach Lolalein", sagte Mama und holte ganz tief Luft. „Phobien kann man heilen, weißt du? Ich habe neulich im Krankenhaus eine Geschichte von einer

Frau gehört, die hatte auch eine Froschphobie. Und die ist geheilt worden."

„Wie denn das?", murmelte ich.

Meine Freundin sagt, ich wäre wirklich blöd gewesen, das zu fragen. Wo ich doch gewollt hatte, dass das Gespräch nicht lange dauert. Aber Mama strahlte mich so fröhlich an, dass ich gar nicht darüber nachdachte.

„Wie *genau*, weiß ich nicht", erwiderte Mama. „Ich weiß nur, dass die Frau den Frosch am Ende geküsst hat. Und jetzt hat sie sogar eine Kröte als Haustier."

Ich sah einen geküssten Frosch. Und eine riesige Kröte. Da fing ich an zu schreien: „AAAAAAAAAAOOOOOHHHHH!"

Tante Lisbeth verschluckte sich vor Schreck an ihrem Möhrenbrei und Oma blickte Mama kopfschüttelnd an. „Du bist ja ein richtiger Überredungskünstler, Viktualia", sagte sie. „Jetzt hast du Lola aber Mut gemacht. Ich wette, sie kann es gar nicht mehr abwarten, zum Arzt zu gehen."

Mama grunzte etwas Unfreundliches.

Das, was Oma gesagt hatte, war natürlich ironisch.

Erwachsene reden oft ironisch. Opa hat mir das irgendwann mal erklärt. Er hat gesagt, ironisch reden heißt, wenn man eine Sache sagt und dabei genau das Gegenteil von dieser Sache meint. So wie Oma jetzt. In Wirklichkeit meinte sie, dass Mama sich ganz schön blöd angestellt hatte. Hatte sie auch!

Mama machte trotzdem einen zweiten Versuch. „Lola", sagte sie. „Das geht ganz langsam, verstehst du? Ich denke mal, der Arzt führt dich an den Frosch heran. Stück für Stück."

Ich sprang so hastig vom Tisch auf, dass mein Apfelsaftglas umkippte. „ICH WILL NICHT AN FRÖSCHE HERANGEFÜHRT WERDEN", schrie ich.

Oma stöhnte.

Mama sagte noch mal: „Lola, bitte. Zuerst musst du den Frosch wahrscheinlich nur von Weitem angucken und dann – "

Jetzt reichte es mir aber!

„NEIN", schrie ich. „NEIN, NEIN, NEIN!"

Tante Lisbeth schrie jetzt auch. „Ola nein, Ola nein!" Dabei patschte sie mit ihrer Hand in den Brei, sodass Oma ganz orange gesprenkelt war.

Oma fluchte.

Mama seufzte.

Dann fuhr sie mich ins Restaurant. Dort durfte ich

Opa und Papai beim Bodenabschleifen zugucken. Es hat furchtbar gestaubt und ich musste dauernd niesen. Aber am Ende hat der Boden sehr, sehr schön geglänzt und Papai hat gesagt: „Passt mal auf, hier wird bald kräftig Samba getanzt."

Samba ist ein Tanz, der aus Brasilien kommt, und er sieht wunderwunderschön aus. Man kann ihn alleine, zu zweit und im Kreis tanzen. Papai hat mir schon ein bisschen davon beigebracht.

Dann zeigte Opa in die hintere Ecke des Restaurants und sagte: „Und dorthin kommt die Bühne."

Ich riss meine Augen ganz weit auf. „Eine Bühne?"

Papai lachte. „Eigentlich sollte es ja eine Überraschung werden. Aber ja, Cocada. Wir kriegen eine echte Bühne. Während die Leute essen, können sie Musik hören. Und nach dem Essen können sie dann tanzen."

Ohhhh, wie ich Papai und Opa liebte! Eine ECHTE Bühne mit ECHTER Musik. Was Annalisa wohl sagen würde, wenn ich ihr DAS erst zeigen würde! Aber jetzt war die Bühne ja noch nicht da und dann fiel mir ein, dass Annalisa mir auch gar keine Antwort gegeben hatte. Sie hatte nur den Mund geöffnet. Und dann hatte Flora Flo dazwischengefunkt.

Plötzlich war ich wieder wütend.

Am nächsten Tag war Flo zum Glück nicht in der Schule. Dafür kam Mama morgens mit und erzählte Frau Wiegelmann vor dem Unterricht von meiner Froschphobie. Das war gut.

Bevor die Stunde anfing, klebte Frau Wiegelmann über den Frosch auf dem Alphabetposter ein anderes Tier mit F.

Einen Fisch.

Dann sprach sie mit der Klasse. Sie erklärte allen, was eine Phobie ist. Und sagte, dass niemand mich damit ärgern durfte. Dass so etwas kein Spaß war.

Zum Schluss versprach sie, sich darum zu kümmern, dass kein Bild von dem toten Frosch in die Zeitung kommen würde. Frederike fand das doof. Aber ich war sehr erleichtert. Dann begannen wir mit dem Unterricht und in der ersten Pause unterhielt ich mich mit Flocke.

In der zweiten Pause hatte ich zusammen mit der Kussmaschine Tafeldienst.

Nach der Schule kam Annalisa auf mich zu.

„Ich darf dich besuchen", sagte sie. „Wenn du Lust hast, komme ich morgen Mittag mit zu dir."

9.

ANNALISA KOMMT
UND PAPAI IST NICHT DA

Meine Freundin sagt, das Leben ist eine Krickellinie. Es geht nicht geradeaus, sondern macht ständig irgendwelche Zickzackkurven. Meistens dann, wenn man gar nicht darauf vorbereitet ist. Dadurch weiß man nie, wo es einen hinführt, das Leben. Das glaubt jedenfalls meine Freundin. Und ich denke, sie hat recht.

Der nächste Tag zumindest führte gewiss nicht dahin, wo ich hinwollte. Er fing schon ganz krickelig an. Mit Hetzerei. Ich *hasse* Hetzerei, weil Mama dann immer so ungerecht ist. Meistens ist sie sogar schuld an der Hetzerei, das ist am ungerechtesten.

An diesem Morgen hatte Mama verschlafen und schimpfte die ganze Zeit mit mir herum, weil sie nicht zu spät ins Krankenhaus kommen wollte.

Als ich zum Zähneputzen ins Bad ging, sah ich, dass Papai in der Badewanne eingeschlafen war. Er hatte abends noch ganz lange im Restaurant gearbeitet. Um ihn nicht zu stören, nahm ich meine Zahnbürste und das Handtuch, blies vorsichtig die Kerzen aus und machte leise die Badezimmertür zu.

Ich wusch mich in der Küche und aß in Rekordgeschwindigkeit zwei Schüsseln Cornflakes. Und weil Mama so drängelte, kippte ich mir beim Trinken den Kakao über die Jeans. Aus Versehen natürlich. Ein bisschen schwappte auch auf Mamas weiße Hose.

Das hat man von Hetzerei. Mit Hetzerei dauert alles doppelt so lang!

Mama meckerte, weil wir uns nun noch umziehen mussten. Jetzt kam sie zu spät ins Krankenhaus und ich zu spät zur Schule. Nur Flo kam noch später. Wie immer!

In der Schule gab es eine Überraschung. Frau Wiegelmann hielt die Zeitung hoch und da war ein Foto von unserer Klasse, wie wir alle mit Mülltüten und Müllhandschuhen im Park standen. Das hatte der Fotograf ganz am Anfang gemacht. Über dem Foto stand: „Hamburgs Kinder räumen auf". Toll fand ich das.

Unter dem Müllfoto war ein Bild von einem Panzer und Soldaten und daneben stand: „Der Krieg geht weiter".

Das fand ich schrecklich. Vor Krieg habe ich fast so

viel Angst wie vor Fröschen. Mama sagt zwar, der Krieg ist weit weg. Aber im Fernsehen ist der Krieg ganz nah. Und letzte Woche habe ich geträumt, dass der Krieg aus dem Fernseher raus in unser Wohnzimmer gekommen ist. Da bin ich schreiend aufgewacht. Papai ist in mein Zimmer gekommen und hat mich ins Schlafzimmer getragen. Ich habe mich dicht an ihn rangedrückt, aber gezittert hab ich immer noch. Papai hat seine Arme ganz fest um mich gelegt und gesagt, er beschützt mich vor allem Bösen auf der Welt, weil ich seine Cocada bin und niemand mir was tun darf. Da bin ich eingeschlafen.

Frau Wiegelmann sprach auch mit uns über den Krieg und dann sprachen wir noch einmal über den Mülltag. Nur über die Sache mit dem Frosch sprachen wir nicht, das fand ich gut. Flo sagte auch nicht mehr *quak*. Sie sagte überhaupt nicht viel im Unterricht. Weil sie die meiste Zeit schlief und einmal schnarchte sie sogar. Ich dagegen war kribbelwach. Ich konnte es nicht abwarten, bis der Unterricht vorbei war. HEUTE Mittag kam Annalisa. Mein erster Besuch im neuen Zuhause! Während der Mathestunde stellte ich mir die ganze Zeit vor, wie ich Annalisa meine Bühne zeigen würde. Darauf freute ich mich am allermeisten.

In der großen Pause sprang ich mit Annalisa und ein paar Mädchen aus der anderen Klasse Seil. Es war ein bisschen langweilig, ich hab euch ja schon erzählt, dass ich nicht gerne Seil springe. Annalisa aber schon. Deshalb wollte sie auch in der zweiten Pause wieder springen, obwohl uns Frederike fragte, ob wir mit Eis-Ticken spielen.

„Eis-Ticken finden wir blöd", sagte Annalisa und hakte mich unter.

„Ich ... äh", setzte ich an. Aber da zog Annalisa mich auch schon mit sich fort und Frederike lief zu den anderen.

Nach der zweiten Pause hatten wir noch eine Stunde Deutsch und dann war endlich Schulschluss!

„Was kocht deine Mama denn heute?", fragte Annalisa auf dem Heimweg.

„Heute kocht mein Papa", sagte ich. „Pommes." Das hatte er mir gestern Nachmittag versprochen.

„Ich mag Pommes", sagte Annalisa.

„Ich auch", sagte ich.

„Mit Majo", sagte Annalisa.

„Und Ketschup", sagte ich.

Ich hätte gerne noch viel mehr gesagt, aber irgendwie fiel mir nichts mehr ein. Das war wahrscheinlich, weil wir uns noch nicht richtig kannten.

Es war komisch, so stumm nebeneinander herzu-
laufen. Meine Kopfhaut juckte und ich war froh, dass
unser Haus so nah bei der Schule ist.

„Hab ich vielleicht Hunger", sagte Annalisa, als wir
vor meiner Haustür standen.

Ich klingelte.

Mama macht immer ganz schnell auf, wenn ich
klingele. Bei Papai dauert es meistens ein bisschen
länger.

Heute dauerte es allerdings *ziemlich* lang.

„Wieso macht denn niemand auf?", fragte Annalisa.
Ihre Stimme klang ein bisschen quengelig.

Ich kratzte mir den Kopf. „Keine Ahnung", murmelte ich und drückte noch mal auf die Klingel.

Und noch mal.

Und noch mal.

„Ich muss Pipi", sagte Annalisa. Ihre Stimme klang
jetzt *sehr* quengelig.

Ich klingelte bei Oma. Aber da machte auch niemand auf.

„Vielleicht ist mein Vater kurz einkaufen", sagte
ich matt.

„Ich muss aber Pipi", quengelte Annalisa.

„Er kommt bestimmt gleich", sagte ich so ruhig
wie möglich. Zur Sicherheit klingelte ich ein letztes

Mal. Bestimmt eine Minute ließ ich meinen Finger auf dem Knopf. Wir haben eine sehr, sehr laute und sehr, sehr schrille Klingel. Aber niemand öffnete.

Ich setzte mich auf die Treppenstufen und Annalisa klemmte die Beine zusammen. Wir schwiegen und warteten.

Zehn Minuten können eine sehr lange Zeit sein, wenn man schweigt und wartet und wenn man jemandem, der muss und Hunger hat, seine Bühne zeigen will.

„Dann gehen wir eben zu Clarissa", sagte ich, als Papai nach zehn Minuten immer noch nicht aufgetaucht war. Clarissa ist die Friseurin an unserer Straßenecke. Die ist nett und ließ Annalisa aufs Klo und mich telefonieren.

„Elbkrankenhaus, Schwester Vicky", meldete sich Mama.

„Papai ist nicht zu Hause", sagte ich.

„Dann klingele bei Oma", sagte Mama.

„Die ist auch nicht da", sagte ich.

„Verdammt", sagte Mama.

Wir mussten noch eine halbe Stunde warten, bis Mama endlich kam. Papai war nicht aufgetaucht und Mama war wütend. Annalisa war auch wütend. Und ich war superwütend. Papai wusste doch genau, dass heute ein wichtiger Tag für mich war.

„Ich muss zurück ins Krankenhaus", sagte Mama, nachdem sie uns die Tür aufgeschlossen hatte. „Ruf mich an, wenn Papai kommt, okay?"

„Und was ist jetzt mit den Pommes?", fragte Annalisa, als wir im Flur standen. Ehe ich etwas erwidern konnte, hörte ich das Bollern. Es kam vom hinteren Teil unserer Wohnung und ich bekam einen furchtbaren Schreck. Waren das Einbrecher?

Das Bollern wurde zu einem Hämmern. Annalisa runzelte die Stirn.

Dann schrie jemand. „Abri! Merda! ABRI!!!"

Annalisa war ganz blass geworden. „Was ist das?"

Mein Herz plumpste mir bis zu den Füßen runter.

„Das ist Brasilianisch", flüsterte ich. „Abri" heißt „aufmachen", und „merda" heißt „Scheiße". Und plötzlich war mir klar, warum Papai uns nicht die Haustür geöffnet hatte.

Er war da.

Aber er *konnte* die Tür nicht aufmachen.

Weil ich ihn im Badezimmer eingesperrt hatte. Es hatte nämlich noch immer keine Klinke von innen und Licht auch nicht.

Und ich hatte auch noch die Kerzen ausgeblasen und das Handtuch weggenommen.

„ABRI!"

„Ich komme", krächzte ich. „Ich komme schon."

An dieser Stelle muss meine Freundin immer lachen, aber mir war überhaupt nicht zum Lachen zumute und Annalisa lachte auch nicht. Sie schlich hinter mir durch den Flur.

Hinter der Badezimmertür war es plötzlich gefährlich still.

Als ich die Tür öffnete, stand Papai vor uns.

Er war splitternackt, und seine Haut war völlig verschrumpelt, weil er über sechs Stunden in der Badewanne gelegen hatte. Darüber war er sehr, sehr wütend.

Ich übersetze die anderen Schimpfwörter lieber nicht, die ihm aus dem Mund geschossen kamen. Es waren aber sehr, sehr viele und sehr, sehr schlimme Schimpfwörter.

Als Papai zu Ende geschimpft hatte, schoss er an uns vorbei ins Schlafzimmer und kurz darauf knallte die Wohnungstür zu.

PENG!

„Ich mach uns dann mal ein paar Brote", piepste ich.

Es wurde ein schrecklicher Nachmittag. Ich glaube, es war der schrecklichste Nachmittag in meinem ganzen Leben. Annalisa mochte die Brote nicht und einen Apfel mochte sie auch nicht und eine Birne auch nicht. Und als ich ihr mein Zimmer zeigte, da mochte sie nicht mal meine Bühne.

„Die ist ja doof", sagte sie nur. Dafür hätte ich ihr am liebsten eine gescheuert. Aber ich tat es natürlich nicht, weil ich noch immer dachte, vielleicht können wir wenigstens etwas anderes zusammen spielen.

Da hatte ich falsch gedacht!

Annalisa mochte nämlich überhaupt *gar* nichts, was in meinem Zimmer war.

Sie mochte die Gruselkiste mit den Vampirsachen nicht und die Abenteuerburg aus alten Sofakissen mochte sie auch nicht. Sie mochte noch nicht mal mein Superweltallexpressraumschiff, das ich aus einem Umzugskarton gebaut hatte. Alles fand sie doof und zu nichts hatte sie Lust und dann kam auch noch das mit Polly Pocket.

Polly Pocket ist eine winzig kleine Plastikpuppe, die mit ihrem winzig kleinen Plastikhund in einer winzig kleinen Plastikdose wohnt. Die hatte Annalisa dabei und es war das Einzige, womit sie spielen wollte. Wenn man die Dose aufklappt, sieht sie aus wie eine winzig kleine Puppenstube. Annalisa spielte Polly Pocket und ich sollte Polly Pockets Hund spielen. Während Polly Pocket vor dem Spiegel stand und sich die Haare bürstete, sollte ich immer *wau, wau* machen.

Das war entsetzlich langweilig!

Ich war froh, als es klingelte und Oma mit Tante Lisbeth kam. Oma backte Erdbeertorte, aber die mochte Annalisa auch nicht. Sie war gegen Erdbeeren allergisch, genau wie Mama.

Dafür mochte Tante Lisbeth Polly Pocket – und als Annalisa mal kurz aufs Klo ging, steckte sich meine Tante die winzig kleine Plastikpuppe in den Mund.

„Sag deiner blöden Babytante, sie soll Polly Pocket sofort wieder ausspucken", kreischte Annalisa, als sie zurück ins Zimmer kam.

Dafür war es leider zu spät. Tante Lisbeth hatte Polly Pocket runtergeschluckt. Inzwischen wisst ihr ja, wie das mit kleinen Tanten so ist. Und im Gegensatz zum Kaugummi kam Polly Pocket nicht wieder raus. Da konnte Oma meine Tante noch so sehr auf den Kopf stellen.

„Polly Pocket kommt bestimmt beim Aa-Machen wieder raus", versuchte Oma, Annalisa zu trösten. „Dann kriegst du sie zurück."

Da fing Annalisa an zu heulen und sagte, eine vollgekackte Polly Pocket wollte sie nicht, sie wollte eine neue und jetzt wollte sie sofort nach Hause.

Als Mama nach Hause kam und die Geschichte mit dem Bad erfuhr, musste sie lachen. Sie lachte und lachte und Papai machte ein finsteres Gesicht. „Ich kenne eine Geschichte von einer, die hat sich totgelacht", brummte er.

Dann entschuldigte er sich bei mir für sein Geschimpfe und reparierte die Badezimmertür. Aber meine Freundschaft mit Annalisa konnte er nicht reparieren. Sie war kaputt, bevor sie überhaupt angefangen hatte. Papai sagte, wir beide hätten sowieso nicht zusammengepasst. Das sagt meine Freundin auch. Und wenn ich ehrlich bin, hätte ich mir das eigentlich auch gleich denken können. Konnte ich damals aber nicht.

Damals fühlte ich mich einfach nur schrecklich.

Schrecklich wütend.

Schrecklich traurig.

Und vor allem: schrecklich allein.

10.

WIR BETEN UND MIR
WIRD LEICHT UMS HERZ

Oma hatte recht gehabt. Polly Pocket kam wirklich wieder unten raus.

„Genau wie beim Michel aus Lönneberga", lachte Oma. Der Michel aus Lönneberga ist ein Junge aus einem Buch von Astrid Lindgren. Der stellt dauernd Blödsinn an und einmal hat er Geldstücke verschluckt. Ich mag den Michel aus Lönneberga und die anderen Bücher von Astrid Lindgren mag ich auch. Da sind Oma, Mama und ich einer Meinung. Oma mag am liebsten Pippi Langstrumpf, nach der hat sie Mama sogar benannt. Pippi heißt nämlich mit zweitem Namen Viktualia. Mit drittem Namen heißt sie Ephraims Tochter, aber das ist ja kein richtiger Name.

Jedenfalls hat Oma mir Polly Pocket noch am selben Abend vorbeigebracht. Sie hatte sie in Tante Lisbeths Windel gefunden und ordentlich abgewaschen.

Beim Abendessen rief Annalisas Mutter an und beschimpfte Papai am Telefon. Ich konnte sie durch den Hörer schreien hören und Papai entschuldigte sich immerzu. Wie ein Papagei klang er, weil er alle zehn Sekunden „Es tut mir leid" sagte. Aber Annalisas Mutter hörte nicht mit Schreien auf und als Papai auflegte, tat er mir plötzlich leid.

Annalisa schrie auch, als ich ihr Polly Pocket am nächsten Tag auf den Tisch legte. „Iiiiih, du fiese Kuh", schrie sie und pfefferte mir Polly Pocket ins Gesicht. „Hau bloß ab und lass mich in Ruhe!"

Frederike sah erstaunt von ihr zu mir. Sila und Riekje kicherten.

„Pah", sagte ich. Dann drehte ich Annalisa den Rücken zu und setzte mich an meinen Platz. Flo war ausnahmsweise schon da und grinste. Aber vielleicht, weil ich ein böses Gesicht machte, und dann kam zum Glück Frau Wiegelmann ins Klassenzimmer. Wir fingen mit den Vorbereitungen für das große Schulfest an, das am Samstag stattfinden würde.

Zuerst studierten wir in der Aula eine Aufführung ein, in der wir „Schule wie vor hundert Jahren" spielten. Wir bekamen alte Schuluniformen und alte Pulte, die man hochklappen konnte. Frederike fragte, ob ich neben ihr sitzen wollte. Klar wollte ich!

Ansumana durfte den Lehrer spielen und Flo ein Mädchen, das sich in die Ecke stellen musste. So was musste man nämlich vor hundert Jahren, wenn man zu spät in die Schule kam. Wir anderen mussten beten:

„Lieber Gott, mein Herz ist rein,
lass mich ein liebes Schulkind sein.
Amen.“

Das war lustig.

In der Pause spielte ich mit Frederike und ein paar Jungs wieder Eis-Ticken. Und das war viel lustiger als Seilspringen. Frederike und ich befreiten uns immer gegenseitig und als ich hinfiel, half mir Frederike aufzustehen und klopfte mir den Dreck von der Hose.

„Was war denn los mit dir und Annalisa?“, fragte sie, als wir zurück in die Klasse gingen. Ich erzählte es ihr und Frederike kreischte vor Lachen. „Bi-hiiiii“, kreischte sie. „Ein nackter Papa und eine vollgekackte Polly Pocket. Bi-hiiii!“

Da musste ich plötzlich auch lachen. Dabei wurde mir ganz leicht ums Herz. Frederike war viel netter als Annalisa.

„Wollen wir uns morgen mal verabreden?“, fragte ich sie, als wir vor der Klasse standen. Die Worte kamen richtig aus mir rausgerutscht und meine Kopfhaut fing wieder an zu jucken.

Frederike schüttelte den Kopf. „Morgen hab ich Flöten."

„Dann vielleicht übermorgen", schlug ich vor.

„Da hab ich Jazztanz", sagte Frederike.

„Aha", sagte ich. „Und nächsten Montag?"

Frederike wurde ein bisschen rot unter ihren braunen Ponylocken. „Montags hab ich Voltigieren und dienstags und mittwochs gehe ich immer in die Malschule."

„Ach so", sagte ich.

„Es könnte vielleicht sein, dass ich übernächsten Freitag kann", sagte Frederike „Da fällt Jazztanz aus, glaube ich. Ich guck zu Hause mal in meinen Terminkalender, okay?"

„Okay", sagte ich und nahm mir vor, Mama auch um einen Terminkalender zu bitten. Obwohl da bei mir nicht viel drinstehen würde. Ich habe nämlich nicht so viele Termine. Um ehrlich zu sein, ich habe eigentlich gar keine Termine. Höchstens mal einen Friseurtermin. Aber das zählt wohl nicht so richtig, oder?

11.

ICH FÜHLE ALLES MÖGLICHE UND FASSE EINEN ENTSCHLUSS

Am nächsten Tag bekamen Annalisa und Frederike Streit. Vielleicht war Annalisa ja sauer, dass Frederike in den Pausen jetzt mit mir spielte. Jedenfalls zischten sich die beiden in der fünften Stunde ständig an.

Als Annalisa Frederikes Federmäppchen vom Tisch schubste, klatschte Frau Wiegelmann die Hände zusammen. Das macht sie immer, wenn es laut wird. „Hey!", rief sie. „Was ist denn bei euch beiden los?"

„Frederike nimmt mir den ganzen Platz weg", schimpfte Annalisa.

„Gar nicht wahr", rief Frederike. „Du machst dich doch selber so breit."

„Nein, du!"

„Nein, du!"

Jetzt flog auch Annalisas Federmäppchen vom Tisch. Sila und Riekje kicherten.

„Kloppt euch doch", rief Sol und machte Boxbewegungen in die Luft.

Frau Wiegelmann zog die Augenbrauen hoch. „Schluss jetzt", sagte sie streng. „Hebt eure Mäppchen auf und regelt euren Streit bitte in der Pause."

Für den Rest der Stunde war es still. Aber in der Fünfminutenpause zankten sie sich wieder.

Frau Wiegelmann ging zu den beiden an den Tisch.

„Ich will woanders sitzen", hörte ich Frederike sagen. „Neben Lola."

Frau Wiegelmann schwieg. Dann sah sie zu mir. Ich nickte so heftig, dass mir fast der Kopf abfiel.

„Also gut", entschied sie schließlich. „Wenn Flo einverstanden ist, kannst du mit ihr den Platz tauschen, Frederike."

Ich sah zu Flo. Die presste ihre Lippen zusammen.

Aber da schrie Annalisa los. „Nö", rief sie und verschränkte beide Arme vor der Brust. „Neben dem Fischkopf will ich nicht sitzen!"

Flo knallte ihren Stift aufs Pult. „Ich bin kein Fischkopf, du blöde Kotzgurke!", brüllte sie mit einer erstaunlich lauten Stimme.

„Bist du wohl!", schrillte Annalisa zurück. „Du stinkst nach Fischfett, genau wie deine Mutter."

Flo sprang auf, stürzte auf Annalisa zu und knallte ihr KLATSCH die flache Hand ins Gesicht.

„Boooah", rief Sol. „Volltreffer, booooah!"

„Auuuu", heulte Annalisa. „Auuuu, Frau Wiegelmann, auuuuu!"

Frau Wiegelmann griff Flo am Arm. „Du setzt dich sofort wieder auf deinen Platz", befahl sie.

Dann wandte sie sich an Annalisa. „Und du überlegst dir mal, was mehr wehtut, eine Ohrfeige oder ein so gemeiner Satz!"

Annalisa funkelte Frau Wiegelmann böse an und Flo setzte sich wieder neben mich. Sie zitterte richtig vor Wut.

In diesem Moment fühlte ich ganz viele unterschiedliche Dinge auf einmal.

Ich fühlte, dass Flo mir leidtat.

Ich fühlte aber auch meine Wut auf sie wegen dem Frosch und dem *Quak*. Meine Freundin sagt, ich bin nachtragend, aber ich kann das nicht abstellen. Wenn mich jemand richtig ärgert, dann vergesse ich es nicht so leicht. Und Flo hatte mich richtig geärgert! Was Annalisa zu Flo gesagt hatte, war natürlich *richtig, richtig* gemein. So was kann man vielleicht denken, aber nicht sagen.

Das fühlte ich auch und so einen Satz hätte ich Annalisa bestimmt nie verziehen.

Vor allem aber fühlte ich, dass ich viel, viel lieber neben Frederike sitzen würde als neben Flo.

Doch das war jetzt vorbei und ich wurde irgendwie *noch* wütender auf Flo.

Frau Wiegelmann stand schon wieder an ihrem Pult. „Nach den Sommerferien könnt ihr euch umsetzen", sagte sie. „Bis dahin bleibt jeder an seinem Platz. Und jetzt holt eure Hefte raus. Wir schreiben ein Diktat."

Ein Stöhnen ging durch die Klasse.

Das Diktat war gemein schwer und ich war froh, als die Stunde zu Ende ging.

Nach der Schule fragte ich Frederike, ob sie in ihrem Terminkalender nachgeschaut hätte. Wegen dem Freitag in zwei Wochen.

„Hab ich", sagte Frederike. „Aber da steht schon eine Verabredung mit meiner Freundin Nesrin drin. Ich könnte aber den Montag in vier Wochen. Da fällt nämlich Voltigieren aus."

Ich beschloss, mir den Termin in mein Matheheft

einzutragen. Aber trotzdem war ich traurig. Auf dem Nachhauseweg musste ich immerzu seufzen. Es sah so aus, als ob ich in meiner Klasse keine beste Freundin finden würde. Annalisa konnte ich auf jeden Fall streichen. Sila und Riekje auch und Flo sowieso. Frederike hätte es vielleicht werden können. Aber was macht man mit einer besten Freundin, die keine Termine freihat?

Abends im Bett schmiss ich erst mal Annalisa aus meiner Jacky-Jones-Band heraus. Sie weinte und bettelte, aber ich war unerbittlich. Dann wurde ich in meiner Fantasie ganz allein Gewinnerin bei „Deutschland sucht den Superstar" – aber irgendwie machte nicht mal diese Vorstellung mehr Spaß.

Ich öffnete die Augen, starrte in die Dunkelheit und hörte das Ticken meines Weckers. *Tick-tack. Tick-tack. Tick-tack.*

Plötzlich musste ich an Papai denken. „Die größten Wünsche", sagt Papai immer, „die größten Wünsche schickt man am besten in den Himmel."

Leider wusste ich nicht, wie man das macht und als ich Papai am nächsten Morgen fragen wollte, war er schon im Restaurant.

Doch dafür ergab sich in der Schule eine wunderbare Gelegenheit.

12.

440 LUFTBALLONS

Nach unserer Generalprobe für die Schulaufführung verteilte Frau Wiegelmann in der ganzen Klasse Zettel. „Morgen kommen die Luftballons", sagte sie. „Jeder Schüler kriegt einen und daran bindet ihr die Zettel. Ihr könnt euren Namen und eure Adresse draufschreiben und dann lassen wir die Ballons in die Luft steigen. Wenn ihr Glück habt, findet sie jemand bei der Landung und schreibt euch zurück."

Meine Kopfhaut fing an zu jucken wie verrückt.

DAS war's! Ich würde meinen Namen und meine Adresse auf den Zettel schreiben und darunter würde ich meinen Wunsch schreiben:

„Ich wünsche mir eine beste Freundin."

Nach der Schule war ich so aufgeregt, dass ich kaum essen konnte. Und auch der Kinofilm, den Mama nachmittags mit mir anschaute, machte mir keinen

Spaß. Als Papai beim Abendessen erzählte, dass er jetzt anfangen müsste, Personal einzustellen, hörte ich nicht richtig zu. Ich musste immerzu an das Schulfest denken. Und an meinen Zettel, den ich morgen an meinen Luftballon binden würde.

Als ich im Bett Jacky Jones war, sang ich das Lied „99 Luftballons" von Nena. Es ist so schön, dass ich beim Singen fast ein bisschen weinen musste und es dauerte sehr, sehr lange, bis ich einschlafen konnte.

Am nächsten Tag hatte Mama Krankenhausdienst. Oma arbeitete im Buchladen und Opa machte den Plan für die Restaurantbühne fertig. Deshalb konnten sie nicht mit zum Schulfest. Aber Papai hatte frei und Tante Lisbeth nahmen wir mit.

Als wir in die Schule kamen, sah alles ganz anders aus. An den Bäumen hingen Girlanden und das Ziegengehege war mit lauter Blumen geschmückt. Die haben Flocke und Tupfer allerdings ratzeputz aufgefuttert, denn Ziegen fressen einfach alles. Für uns gab es ein Riesentrampolin und ganz viele Stände mit Kuchen und Würstchen.

Ich liiiiiiiebe Würstchen!

Eine Bühne gab es auch, die stand mitten auf dem Schulhof. Darauf stellten

Frau Wiegelmann und Herr Maus gerade die alten Pulte für unsere Aufführung. Herr Maus ist unser Direktor, aber wie eine Maus sieht er nicht aus. Eher wie eine Bulldogge, weil er einen ganz bulligen Körper hat und weil seine Backen so komisch nach unten schlabbern. Er ist aber sehr nett.

Außer uns waren schon viele andere Leute auf dem Schulhof. Auch Annalisa und ihre Mutter. Die hatte einen blonden Dutt auf dem Kopf und guckte Papai ganz böse an, als Annalisa auf uns zeigte. Annalisa streckte mir die Zunge raus, aber ich tat einfach so, als wäre sie Luft.

Frederike war mit ihrer Mama da und mit Olaf Wildenhaus, dem Fotografen.

„Na Lola, geht's dir wieder besser?", fragte er.

Ich nickte und dann rief uns Frau Wiegelmann zu den Luftballons. Die hingen alle am Zaun. Es waren Hunderte von Ballons in ganz verschiedenen Farben. Jede Klasse hatte eine eigene Farbe. Unsere hatte Rot, das war genau richtig. Denn Rot, sagt Mama, ist die Farbe der Liebe.

Wir durften uns jeder einen Luftballon nehmen. Daran sollten wir die Zettel binden, aber ganz vorsichtig, damit uns die Ballons nicht aus den Händen rutschten. Sie waren ja mit Gas gefüllt. Steigen lassen durften wir sie erst, wenn alle da waren. Nicht alle Luftballons natürlich, sondern alle Kinder. Ich konnte es kaum noch erwarten.

Ich stellte mich zu Papai und Tante Lisbeth an die Bühne und trippelte von einem Fuß auf den anderen. Tante Lisbeth saß auf Papais Arm. Sie hatte eine Lederhose an und sah sehr festlich aus. „Ola Luftabon", rief sie immer und streckte ihre kleine Hand nach meinem Ballon aus. Den konnte ich ihr natürlich nicht geben.

„Die ist ja süß", ertönte plötzlich eine Stimme neben uns. Ich sah in das Gesicht einer fremden Frau. Sie hatte kurze schwarze Haare und war sehr, sehr dünn. Irgendwie erinnerte sie mich an jemanden. Die Frau streckte ihre Hand nach Tante Lisbeth aus und meine Tante griff sofort nach ihrem Finger.

„Guten Tag", sagte die Frau. „Ich heiße Penelope. Und wer bist du?"

„Das ist Lisbeth", sagte Papai.

„Hallo Lisbeth", sagte Penelope. „Hast du aber eine tolle Hose an. Guck mal, Flo, genau so eine hattest du auch."

Flo? Ich drehte mich um und verzog den Mund.

Jetzt wusste ich, an wen mich die Frau erinnerte. Sie sah aus wie Flo in groß, nur dass sie nicht nach

Fisch roch, wie Annalisa es gestern durch die Klasse trompetet hatte. Flo roch heute auch nicht nach Fisch. Trotzdem hatte ich überhaupt keine Lust, sie jetzt sogar auf dem Schulfest am Hals zu haben.

Dummerweise ließ Tante Lisbeth Penelopes Finger nicht mehr los und ich war froh, als endlich Herr Maus auf die Bühne stieg und aufs Mikrofon klopfte.

Tack-tack-tack machte das Mikrofon.

„Pssst", machte Herr Maus. Das *Pssst* hallte ganz laut und langsam, langsam wurden alle still.

„Meine lieben Schülerinnen und Schüler", sagte Herr Maus mit einer sehr feierlichen Stimme. „Liebe Eltern und Großeltern. Heute ist ein besonderer Tag. Unsere Schule feiert ihren hundertsten Geburtstag! Ich möchte euch auch gar nicht mit einer endlosen Rede langweilen. Zur Feier des Tages haben die Schüler ein paar Stücke einstudiert und natürlich gibt es etwas zu essen und zu trinken. Doch als Erstes möchte ich mit euch die Ballons steigen lassen. Es sind 440 Luftballons, die heute in den Himmel steigen. Ich habe sie eigenhändig gezählt. Jetzt zähle ich bis drei – und bei drei lasst ihr los. Okay?"

Meine Kopfhaut kribbelte so schrecklich, dass ich es fast nicht aushalten konnte. Herr Maus sagte „eins" und dann „zwei" und dann „drei".

Da ließen wir alle auf einmal los.

Es war ganz still.

Richtig wunderbar still.

Nur ein paar Leute machten leise „Aah" oder „Ooh" und ich hörte, wie Papai neben mir die Nase hochzog. Papai weint immer, wenn etwas Schönes passiert. Und dieser Moment war wirklich sehr, sehr schön. Der Himmel war plötzlich nicht mehr blau. Er war blau und rot und gelb und orange und grün und rosa und weiß und violett. Höher und höher schwebten die Ballons, bis sie aussahen wie winzige Konfettipunkte.

Einer davon trug meinen Wunsch in den Himmel.

Ich quetschte Papais Hand, weil ich so sehr hoffte, dass er in Erfüllung gehen würde.

Als die Ballons nicht mehr zu sehen waren, fingen wir an zu feiern. Ich durfte fünf Würstchen essen und dreimal Trampolin springen. Leider tat ich es in der verkehrten Reihenfolge. Denn mit fünf Würstchen im Bauch ist Trampolinspringen so eine Sache.

Aber Spaß machte es trotzdem und unsere Aufführung wurde auch ein Erfolg. Beim Beten musste ich einmal ganz laut pupsen, das kam wahrscheinlich auch von den Würstchen. Aber außer Frederike hat es zum Glück niemand gehört.

Das Einzige, was mich störte, war, dass Papai die ganze Zeit mit Flo und ihrer Mutter sprach. Jedes Mal, wenn ich zu ihm ging, standen sie da und redeten. Dabei erfuhr ich auch, warum Flo immer so nach Fisch roch.

Penelope erzählte, dass sie in einer Fischbude arbeitete, und weil auf Flo niemand aufpasste, kam sie abends meistens mit.

„Am nächsten Tag bekomme ich sie dann natürlich nicht aus den Federn", hörte ich Penelope sagen.

„Das kenne ich von meiner Tochter auch." Papai grinste. „Nicht wahr, Lola?"

„Hmpf", brummelte ich.

Flo sah Papai mit schief gelegtem Kopf an.

„Aus welchem Land kommst du eigentlich?"

Ich verzog den Mund. Ich fand es unhöflich, dass Flo Du zu Papai sagte. Sie kannte ihn doch gar nicht. Aber Papai schien es nicht zu stören.

„Ich komme aus Brasilien", sagte er.

„Aus Brasilien?" Penelope lachte. Dabei zeigte sie viele weiße Zähne. „Eu adoro Brasil!"

Papai lachte auch. „Eu também", sagte er.

Flo machte große Augen und stieß mich mit dem Ellenbogen an. „Hast du das verstanden?"

Logisch hatte ich das verstanden! Ich verstehe alles auf Brasilianisch. Flos Mutter hatte gesagt, dass sie Brasilien liebte. Und Papai hatte „Ich auch" geantwortet. Aber es passte mir überhaupt nicht, dass sich Papai mit Flos Mutter in *unserer* Geheimsprache unterhielt. Und ich hatte auch nicht die geringste Lust, für Flo zu übersetzen.

Mürrisch mümmelte ich an meinem Kuchenstück. Und noch mürrischer hörte ich, wie Papai Penelope und Flo von unserem Restaurant erzählte. Reichte es nicht, dass Flo in der Schule neben mir saß? Musste sie jetzt auch mit ihrer Mutter an meinem Papai kleben? Und warum konnte Penelope überhaupt Brasilianisch?

13.

ANNALISA KRIEGT POST UND UNSER RESTAURANT EINE KELLNERIN

Warum Penelope Brasilianisch konnte, sollte ich noch erfahren. Aber bis dahin verging eine ganze Woche.

In den Pausen spielte ich mit Frederike und manchmal auch mit Sol und der Kussmaschine. Nach der Schule ging ich mit Tante Lisbeth auf den Spielplatz, besuchte Oma im Buchladen, half Mama beim Einkaufen und Opa und Papai im Restaurant. Aber vor allem wartete ich auf Post.

Der erste Brief kam schon am dritten Tag. Sols Luftballon war bei der Feuerwehr gelandet und Sol las den Brief laut in der Klasse vor. Ein Feuerwehrmann namens Hubert Nachtigall hatte ihn geschrieben und Sol war mächtig stolz.

Riekjes Ballon war auf dem Friedhof gelandet. Sie

las ihren Brief am vierten Tag vor. Er kam von einer älteren Dame, die Elsbeth Friedrichs hieß.

Liebe Riekje, hatte sie geschrieben. *Dein Luftballon lag neben dem weißen Marmorengel auf dem Grab meines Mannes. Er hat so herrlich in der Sonne geleuchtet, dass ich ihn dem Engel ums Handgelenk gebunden habe. Jetzt ist das Grab bestimmt das schönste von allen. Den Zettel mit deiner Adresse habe ich abgemacht und schreibe dir hiermit zurück. Mit vielen herzlichen Grüßen von deiner Elsbeth Friedrichs.*

Den Brief fand ich schön. Auch das mit dem Grab und dem Engel. Aber den besten Brief bekam Annalisa. Am fünften Tag.

Bis an die Nordsee war ihr Ballon geflogen – und gelandet war er bei einem Mädchen auf einem Reiterhof!

Liebe Annalisa, schrieb das Mädchen. *Ich heiße Corinna Fink und habe deinen Luftballon vor unserem Stall gefunden. Ich war auch schon mal in Hamburg und wenn du Lust hast, kannst du uns ja mal besuchen kommen. Meine Adresse steht oben. Viele Grüße von Corinna.*

Annalisa strahlte, als sie den Brief in der Klasse vorlas. Ich hätte am liebsten geheult. Warum bekam ausgerechnet Annalisa so einen tollen Brief und nicht ich?

„Du kriegst bestimmt auch noch Post", sagte Mama, als wir an diesem Nachmittag zusammen ins Restaurant fuhren.

Dort war Opa schon dabei, die Bühne zu bauen, und Papai führte ein Gespräch mit dem Koch, den er Anfang der Woche eingestellt hatte. Er heißt Emilio, kommt auch aus Brasilien und ist so klein, dass er kaum über den Tresen gucken kann.

Die beiden sprachen über die Speisekarte und zu meinem Schrecken erfuhr ich, dass es in unserem Restaurant Fisch geben würde.

„Bitte nicht", rief ich entsetzt.

Emilio sah mich erstaunt an und Papai grinste. „Ein brasilianisches Restaurant am Hafen ohne Fisch, das geht nicht. Das wirst du wohl einsehen müssen. Aber keine Sorge, Cocada. Es gibt noch genügend andere gute Sachen auf der Speisekarte."

Emilio nickte und Papai lächelte an mir vorbei zur Tür. „Schau mal, wer da kommt."

Ich drehte mich um. Und als ich sah, wer kam, war mir die Laune restlos verdorben.

Flo und Penelope standen in unserem Restaurant. Flo hielt eine Tüte mit Süßigkeiten in der Hand und Penelope strahlte uns an.

„Hallo Lola. Hallo Fabio. Na, ihr habt ja wirklich ein supertolles Restaurant!"

Papai – der mit Vornamen Fabio heißt – ging auf die beiden zu und begrüßte sie mit Küsschen links und Küsschen rechts. So begrüßen sich in Brasilien alle Leute, aber in Deutschland macht Papai das nur bei Leuten, die er gut kennt oder die er gerne mag. Normalerweise gefällt mir das. Aber bei Penelope und Flo gefiel es mir ganz und gar nicht.

„Das ist Vicky, meine Frau", stellte er Mama vor. „Das ist Felix, mein Schwiegervater, und das ist Emilio, unser Koch."

Mama und Opa gaben Penelope und Flo die Hand. Emilio gab auch Küsschen rechts und Küsschen links. Flo kicherte.

Ich vergrub beide Hände in den Hosentaschen und setzte mein finsterstes Gesicht auf.

„Penelope möchte sich bei uns als Kellnerin vorstellen", sagte Papai zu Opa. Mama lächelte. Offensichtlich wusste sie bereits davon. Ganz im Gegensatz zu mir. Ich versuchte noch böser zu gucken, aber das ging nicht mehr.

Während Papai und Penelope sich an einen Tisch setzten und unterhielten, sah sich Flo im Restaurant um. Ich hockte mich auf den Tresen und starrte böse vor mich hin.

„Willst du auch was?" Flo hielt mir ihre Tüte unter die Nase. „Aber Vorsicht. Es sind auch Gummifrösche drin."

Ich zuckte zurück. „Sehr witzig", knurrte ich.

Flo zog grinsend etwas Grünes aus der Tüte und ich kniff schnell die Augen zu.

„Hast du vor Gummifröschen etwa auch Angst?", hörte ich Flo fragen.

„Ja, hab ich, stell dir mal vor!", fuhr ich sie an.

„Komisch", sagte Flo mit vollem Mund. „Wieso eigentlich? Bist du vielleicht eine Prinzessin?"

„Ich bin keine Prinzessin, kapiert", fauchte ich, als ich die Augen wieder geöffnet hatte. Das grüne Ding war inzwischen in Flos Mund verschwunden. „Und jetzt verzieh dich gefälligst mit deiner Scheißtüte, verstanden?"

Flo streckte mir die Zunge raus und ging zu Opa, der wieder an der Bühne baute. „Was wird denn das?", fragte sie.

„Das wird eine Bühne", sagte Opa.

„Cool", rief Flo. „Penelope, guck mal! Dein neues Restaurant kriegt sogar eine Bühne."

Ich sprang von der Theke. DEIN neues Restaurant? Das war doch wirklich der Gipfel! „Dies hier ist UN-SER Restaurant", schrie ich so laut, dass Papai mir einen wütenden Blick zuwarf.

Penelope wurde rot. „Das stimmt, Lola. Natürlich ist es euer Restaurant. Ich würde mich nur furchtbar freuen, wenn ich für deinen Vater arbeiten dürfte."

„Darüber würden wir uns auch sehr freuen", entgegnete Papai mit lauter Stimme. Dabei warf er mir einen so warnenden Blick zu, dass ich den Mund hielt. Aber vor lauter Wut fiel mir das furchtbar schwer.

„Es gibt Millionen Menschen in Hamburg", schimpfte ich, als Penelope und Flo gegangen waren. „Warum ausgerechnet Flos Mutter?"

„Weil Penelope hervorragende Zeugnisse hat", sagte Papai streng. „Weil Penelope schon oft in Brasilien war und sogar ein bisschen unsere Sprache spricht. Weil Penelope eine sehr nette Frau ist und verzweifelt eine gute Arbeit sucht. Weil Penelope sonst weiter abends in dieser stinkigen Fischbude arbeiten müsste und niemanden hätte, der auf ihre Tochter aufpasst. Sind das genug Gründe?"

Ich schluckte und nickte. Was hätte ich sonst tun sollen?

Papais Stimme wurde freundlicher. „Penelope kann den Mittagstisch übernehmen. Dadurch hab ich tagsüber frei für dich und abends kann Penelope bei Flo sein. An den Wochenenden arbeitet sie dann abends und eigentlich", Papai seufzte, „... eigentlich hätte ich gehofft, ihr beide könntet euch anfreunden und Flo könnte ab und zu ..."

„NEIN", schrie ich. Ich wusste genau, was Papai vorschlagen wollte. „NEIN, NEIN, NEIN. Bei uns schläft diese Flo bestimmt nicht. Ich bin doch nicht ihr blöder Babysitter."

Papai wollte wieder zu schimpfen anfangen, aber Mama legte ihm die Hand auf den Mund. „Du musst Lola auch verstehen", sagte sie. „Wenn Penelope bei uns arbeitet, dann finde ich das völlig in Ordnung. Da hat sich Lola auch nicht einzumischen. Aber ihre Freundinnen soll sich unsere Tochter alleine aussuchen. Da haben wir uns nicht einzumischen!"

Ich atmete erleichtert aus. Manchmal ist es auch Mama, die mich vor Papai beschützt. Es ist, glaube ich, ziemlich gut, zwei Eltern zu haben. Flo hatte anscheinend nur Penelope. Und Penelope würde unsere neue Kellnerin werden. Ach je!

14.

ZIEGENDIENST UND
FLASCHENPOST

Ab jetzt hatte ich noch weniger Lust, neben Flo zu sitzen. Auch wenn sie nicht mehr nach Fisch roch. Offensichtlich hatte Penelope ihre Arbeit bei der Fischbude gleich gekündigt.

Jedenfalls kam Flo jetzt immer pünktlich zum Unterricht und roch wie ein normales Kind. Ich konnte sie trotzdem nicht riechen und zum Glück ließ Flo mich auch in Ruhe.

In der nächsten Woche bekamen drei weitere Kinder aus unserer Klasse Post und am Schwarzen Brett im Schulflur hing ein großes Blatt. Darauf waren alle Kinder eingetragen, deren Ballons gefunden worden waren. 63 Luftballons waren es schon. Einer war sogar bis nach Berlin geflogen. Das muss man sich mal vorstellen! Von Hamburg bis nach Berlin sind es fast drei Stunden mit dem Auto!

Nur ich hatte noch immer keinen Brief. Frederike, mit der ich heute Ziegendienst hatte, auch nicht.

„Ich glaub auch nicht, dass noch was kommt", sagte Frederike. „Soll ich fegen oder willst du?"

Ziegendienst bedeutet, dass immer zwei Kinder das Ziegengehege sauber machen müssen.

„Ich will fegen", sagte ich.

„Dann geh ich Wasser holen", sagte Frederike.

Während ich den Stall ausfegte, stand Flocke neben mir und bähte. Tupfer war aufs Dach vom Ziegenhaus geklettert. Es ist wirklich ganz unglaublich, wie gut Ziegen klettern können.

ZACK war Tupfer oben und schaute mit seinen dunklen Ziegenaugen auf uns herab.

Als alles sauber und frisch war, steckten Frederike und ich neues Heu in den Trog und hielten den Ziegen ein paar Möhren hin.

Rapp-rapp-rapp hatten die beiden uns alles aus der Hand gefressen.

„Was ist eigentlich mit den Wochenenden?", fragte ich Frederike, als wir die Stalltür hinter uns abschlossen. Es hatte geklingelt und die anderen Kinder waren schon in ihren Klassen.

„Mit verabreden meinst du?" Frederike band sich ihre Locken zu einem Pferdeschwanz zusammen. „An den Wochenenden bin ich immer bei meinem Papa. Weil meine Eltern doch geschieden sind. Aber warum fragst du deine Eltern nicht mal, ob sie dich beim Jazztanz anmelden? Oder beim Flöten oder beim Voltigieren? Dann könnten wir zusammen hingehen."

Ich fragte Papai gleich nach der Schule. Flöten fand ich doof, aber Jazztanz und Voltigieren klang spannend.

„Sprich mit Mama drüber, Cocada", sagte Papai. „Ich habe im Moment wirklich alle Hände voll mit dem Restaurant zu tun."

Mama fand die Idee gut. Aber es wurde trotzdem nichts draus. „Die Jazztanzgruppe ist leider voll", sagte sie, als ich am nächsten Tag von der Schule nach Hause kam. „Und Voltigieren ist furchtbar teuer. Das können wir uns im Augenblick nicht leisten."

Ich wollte mich gerade aufregen, da legte Mama ein Paket auf den Tisch. „Du hast Post bekommen", sagte sie lächelnd.

Ich starrte auf das Paket. Es war länglich, mit vielen bunten Briefmarken und aufgemalten Fischen. Auf dem Absender stand *Stella Sommer, Rambachstraße 44, 20459 Hamburg.*

Ich riss das Paket auf und blickte sprachlos auf die Holzkiste, die sich unter dem Papier verbarg. In der

Holzkiste war eine Flasche. Und in der Flasche war –
ein Brief.

„Eine Flaschenpost", kreischte ich und kratzte mir
wie verrückt den Kopf. „Ich habe eine Flaschenpost
bekommen!"

DER ERSTE BRIEF

Liebe Lola!, las ich.

Ich saß in meinem Superweltallexpressraumschiff und hatte vor lauter Aufregung heiße Ohren.

Ich habe deinen Luftballon gefunden. Und zwar auf einem riesigen Schiff. Das Schiff heißt Rickmer Rickmers und liegt im Hamburger Hafen. Dein Luftballon hing ganz oben am Schiffsmast. Da bin ich hochgeklettert und das hat riesig viel Spaß gemacht. Von der Mastspitze aus konnte ich fast bis nach Afrika gucken! Aber dann musste ich wieder runter, weil mich eine Frau angeschrien hat. Die stand unten an Deck und hat wie verrückt mit den Armen gefuchtelt. Von oben hat sie wie eine wild gewordene Ameise ausgesehen, das war lustig. Aber beim Runterklettern wurde die Frau immer größer, das war nicht lustig. Als ich vor ihr stand, war sie so groß wie ein Elefant und hat immer noch weitergeschrien. Dabei konnte ich sie jetzt doch gut verstehen! Sie wollte wissen, was mir einfällt, da hochzusteigen. Ich habe nichts gesagt, weil ich

106

immer noch die Schnur von deinem Ballon zwischen den Zähnen hatte. Die Hände hatte ich ja zum Klettern gebraucht. Als mir die Frau den Ballon wegreißen wollte, bin ich weggelaufen.

Zu Hause habe ich dann deinen Zettel vom Ballon abgemacht. Ich finde deinen Wunsch so toll! Ich wünsche mir nämlich auch eine beste Freundin! Mit einer besten Freundin ist das Leben bestimmt doppelt so schön, weil man alles zu zweit machen kann und dabei doppelt so viel Spaß hat.

Aber zuerst können wir ja beste Brieffreundinnen werden. Wir können uns Geheimnisse schreiben. Ich liebe Geheimnisse. Soll ich dir eins verraten? Du musst aber schwören, dass du es niemandem erzählst!!!!

Mein Geheimnis lautet: Ich sammle magische Wörter.

Wenn ich nachts nicht schlafen kann, denke ich sie mir aus. Dann schreibe ich sie auf und verschließe sie in meiner Schatztruhe. Den Schlüssel dazu trage ich um den Hals. Mein neuestes magisches Wort heißt: Salombombolo. Das schmilzt richtig auf der Zunge.

Schreibst du mir auch ein Geheimnis? Ich schwöre, dass ich es niemandem weitersage!

Bitte schreib mir zurück. Meine Adresse steht auf dem Umschlag!
Deine Brieffreundin Stella.

Als ich den Brief zu Ende gelesen hatte, glühte mein ganzes Gesicht, so toll war der Brief!

Vor allem das magische Wort und das mit der *Rickmer Rickmers.* Die kannte ich nämlich, weil sie gar nicht weit von unserem Restaurant liegt. Sie ist ein Touristenschiff, aber vor hundert Jahren war sie mal ein richtiger Ozeansegler, der durch die ganze Welt gesegelt ist.

Das Allerbeste an Stellas Brief war natürlich, dass sie sich auch eine beste Freundin wünschte.

Ich setzte mich gleich an meinen Schreibtisch und schrieb zurück. Ich schrieb, dass ich neu in Hamburg war und dass mein Vater ein Restaurant mit einer Bühne hatte.

Ich schrieb ihr, dass in meiner Schule Ziegen wohnten und dass ich in meiner Klasse keine beste Freundin finden konnte.

Und ich schrieb ihr auch ein magisches Wort. Das fiel mir irgendwie in den Kopf hinein und es hieß: Kaschambombahosch.

Ein Geheimnis hatte ich natürlich auch. Außer mir wusste nämlich niemand, dass ich jede Nacht Jacky Jones bin und berühmt und Besitzerin eines Hauses mit vier Stockwerken und eines Hubba-Bubba-Kaugummiautomaten.

Jetzt wusste es auch Stella – meine neue Brieffreundin. Als Letztes schrieb ich ihr, dass ich mich unbedingt mit ihr verabreden wollte.

Wo wir doch in derselben Stadt wohnten! Schreiben konnten wir uns ja trotzdem. Aber treffen fand ich besser. Viel besser!

16.

ICH DENKE AN DEN TOD UND VERSUCHE, MICH IM TRAUM ZU VERABREDEN

Am nächsten Tag war ICH mit Vorlesen dran. Ich hatte Stellas Brief zurück in die Flasche gesteckt und las ihn vor der ganzen Klasse vor. Stellas Geheimnis verriet ich natürlich nicht. Als ich mit Lesen fertig war, machten alle große Augen. Nur Flo neben mir kicherte so blöd, dass ich ihr einen extrabösen Blick zuwarf. Sie war ja nur neidisch, dass SIE keine Post bekommen hatte!

In der Pause wollte Frederike das Geheimnis wissen, aber ich sagte, das sei eine Sache zwischen mir und meiner besten Freundin. Komischerweise wusste ich sofort, dass Stella meine beste Freundin war. Ich fühlte es in meinem Blut. Manche Dinge fühlt man nämlich im Blut. Das sagt auch meine Freundin und ich sage euch: Es stimmt! Achtet mal drauf.

Bis der nächste Brief von Stella kam, vergingen vier Tage.

Vier sehr lange Tage.

Aber dann lag er endlich auf meinem Tisch, und ich schloss mich damit in meinem Zimmer ein.

Stella schrieb:

Liebe Lola!
Dein magisches Wort ist toll! Es
zischt richtig im Mund. Ich habe
es mit einem goldenen Glitzerstift auf
ein schwarzes Stück Pappe geschrieben und
jetzt liegt es ganz oben in meiner Schatzkiste. Dein Ge-
heimnis finde ich auch toll. Jacky Jones klingt cool für
eine Sängerin, obwohl ich deinen normalen Namen
schön finde. Meine Mutter ist übrigens in Wirklichkeit
Sängerin. Sie ist schon richtig aufgetreten und trom-
meln kann sie auch. Mein Vater ist tot, aber in meiner
Fantasie lebt er in der Südsee und rettet Walfische. Ich
liebe Walfische und ich hasse Menschen, die sie töten.

Leider kann ich mich nicht mit dir treffen, weil ich
Scharlach bekommen habe und Scharlach ist sehr an-
steckend.

Aber wir können uns ja im Traum verabreden. Mein
Vorschlag ist: Wir treffen uns gleich nach dem Ein-

schlafen an der Elbe unter dem Vollmond. Wir müssen einfach ganz fest vor dem Einschlafen daran denken und dann hoffen, dass es klappt.

Bitte schreib mir bald zurück.

Deine Brieffreundin Stella.

Ich hörte gar nicht, wie Papai zum Essen rief, so sehr war ich in Stellas Brief versunken. Das mit dem Scharlach fand ich schade. Vor allem weil wir uns dadurch nicht richtig treffen konnten. Aber während des Essens musste ich die ganze Zeit an unsere Traumverabredung denken – und an Stellas Eltern. Eine Sängerin als Mutter und einen Toten als Vater. Das war aufregend, aber auch traurig. Nicht das mit der Mutter natürlich, sondern das mit dem Vater. Ich stellte mir vor, dass Papai tot wäre, und dabei kamen mir die Tränen.

„Du stirbst doch bitte nicht, oder?", fragte ich Papai. Papai musste husten.

„Aber Cocada!", sagte er. „Was fragst du denn für einen Unsinn? Natürlich sterbe ich. Jeder muss sterben."

Das war die falsche Antwort! Klar wusste ich, dass jeder sterben muss. Ich bin ja nicht blöd! Aber manchmal weiß man etwas und will trotzdem etwas anderes hören. So wie neulich, als Papai mir im Bett sagte, dass er mich vor allem Bösen beschützt. Da wusste ich natürlich auch, dass er das nicht wirklich kann. Niemand kann das, nicht mal Gott, sonst würde es doch Kriege gar nicht geben. Aber trotzdem hatte es mich beruhigt.

Und jetzt war ich kein bisschen beruhigt, weil Papai so etwas Doofes sagte! Ich fing an zu heulen. Papai kam um den Tisch rum, zog mich vom Stuhl hoch und setzte mich auf seinen Schoß.

„Ach, meine kleine Cocada", sagt er. „Sterben gehört nun mal zum Leben. Und das ist auch gut so."

„Aber DU sollst nicht sterben", schluchzte ich. „Und Mama auch nicht und Oma, Opa und Tante Lisbeth auch nicht!"

Papai kraulte meine Kopfhaut. Auf Brasilianisch heißt Kopfhautkraulen „Cafuné" und es fühlt sich genauso schön an, wie es klingt. So beruhigend.

„Und wann hast du bitte vor zu sterben?", fragte ich nach einer ganzen Weile.

Papai musste lachen. „Du redest aber wirklich komische Sachen heute. Du weißt doch, ich habe noch lange nicht vor zu sterben. Ich will alt und runzelig werden, das habe ich dir schon erzählt, als du ein kleines Mädchen warst. Ich will meine Enkelkinder und meine Urenkelkinder kennenlernen und erst dann möchte ich eines schönen Tages in meinem Bett die Augen schließen."

Ich schniefte. „Kannst du diesen Wunsch bitte in den Himmel schicken?", sagte ich.

Papai schob mich von seinem Schoß runter. Ich war ihm wahrscheinlich zu schwer. „Das mach ich, Cocada", sagte er. „Und jetzt iss mal deine Bohnen, damit wir eine Runde pupsen können."

Da musste ich lachen.

Nach dem Essen schrieb ich meine Antwort an Stella und abends im Bett wünschte ich mich an die Elbe unter den Vollmond. Ich wünschte sehr lange und sehr feste, aber leider hat es nicht geklappt. Vielleicht auch, weil ich nicht wusste, wie Stella eigentlich aussah. Dafür hatte ich einen anderen tollen Traum: Ich war Jacky Jones und hatte ein riesiges Konzert mit meiner Freundin Stella. Zusammen waren wir Jacky Jones und Stella Star. In diesem Traum war Stella blond und unsere Fans kreischten so laut, dass ich davon aufwachte. Zum Glück hatte ich den Brief an Stella noch nicht abgeschickt und fügte gleich noch zwei Zeilen hinzu:

Wenn du Lust hast, kannst du Stella Star sein und in meiner Band mitmachen. Und bitte sag mir, wie du

aussiehst, damit ich dich erkenne, wenn ich dich im Traum an der Elbe treffe.

Dann musste ich aufs Klo und dann noch mal und noch mal, bis Mama aufwachte und mich mit ganz müden Augen ansah. „Was ist denn mit dir los?"

„Ich habe Durchfall", piepste ich. Plötzlich fühlte ich mich ganz käsig und heiß war mir auch.

„Du hast Fieber", sagte Mama, als sie kurz darauf das Fieberthermometer aus meinem Mund zog. „39,9. Das ist ziemlich hoch."

„Kann man von Fieber sterben?", fragte ich.

Mama lachte. „Jedenfalls nicht von 39,9. Ich kenne eine Geschichte von einem Kind, das hatte sogar 43,5 Grad Fieber und ist nicht gestorben. Aber zu Hause bleibst du morgen schon."

Ich kuschelte mich in mein Kissen. „Und von Scharlach? Kann man davon sterben?"

„Von Scharlach?" Mama runzelte die Stirn. „Wie kommst du denn darauf?"

„Wegen Stella. Meiner Brieffreundin. Die hat nämlich Scharlach."

„Von Scharlach kann man auch nicht sterben", sagte Mama. Dann ist ja alles gut, dachte ich. Und dann schlief ich endlich wieder ein.

ICH BEKOMME KRANKENBESUCH
UND GEBE EIN KONZERT

Am nächsten Morgen war das Fieber gesunken und der Durchfall war auch weg. Aber zur Schule sollte ich trotzdem nicht gehen. Das war mir ganz recht.

Mama musste ins Krankenhaus, aber Papai blieb zu Hause, obwohl er eigentlich am Nachmittag mit Penelope im Restaurant verabredet war. Sie war schon ein paarmal da gewesen und hatte mitgeholfen, das Restaurant einzurichten. Wir hatten jetzt Tische, Stühle, Barhocker, Lampen und ganz viele Palmen. Aber eine Menge Dinge fehlten noch und darüber wollten Papa und Penelope heute sprechen.

„Penelope bringt Flo mit", sagte Papai, als er mir das Mittagessen ans Bett brachte. Es gab Möhren-Kartoffel-Püree, das ist mein Lieblingskrankenessen.

Dass Flo uns besuchen würde, schmeckte mir allerdings überhaupt nicht!

„Muss das sein?", knurrte ich.

Papai sah mich streng an. „Ja, Cocada. Es muss sein. Und du verhältst dich bitte anständig, okay?"

Ich fand es überhaupt kein bisschen okay, aber über solche Sachen kann man mit Papai nicht streiten. Es ist nämlich so, dass die Menschen in Brasilien in vielen Dingen höflicher sind als die Menschen in Deutschland. Das sagt Papai jedenfalls. Ich selbst war ja noch nie in Brasilien. Aber wenn ich zehn bin, wollen Mama und Papai in Brasilien heiraten, darauf freue ich mich schon ganz schrecklich! Ich kenne meine brasilianischen Großeltern und sieben Tanten nur von Fotos und vom Telefon. Und von Briefen, genau wie Stella. Oh, wie gerne ich sie richtig kennenlernen wollte!

Und oh, wie wenig Lust ich auf Flos Besuch hatte! Doch dagegen durfte ich nichts sagen, auch wenn ich es ungerecht fand.

Flo und Penelope kamen um drei Uhr. Zum Glück wollte um vier auch Tante Lisbeth kommen, so würde ich mit Flo zumindest nicht die ganze Zeit allein sein müssen. Hoffentlich brachte sie nicht wieder Gummifrösche mit. Oder Gummikröten. Oder ein T-Shirt mit aufgedrucktem Riesenfrosch. Dieses Gruselteil hatte ich neulich in einem Ladenschaufenster auf unserer Straße gesehen. Nur von Weitem natürlich! Die ganzen nächsten Tage musste ich um diesen Laden einen Riesenbogen machen, nur weil Mama die Verkäuferin nicht bitten wollte, das T-Shirt aus dem Schaufenster zu nehmen. Aber wer weiß: Vielleicht hatte Flo ja das T-Shirt gekauft und trug es heute, nur um zu überprüfen, ob ich mich auch vor Fröschen auf T-Shirts fürchte.

Flo hatte ein schwarzes T-Shirt mit aufgedrucktem Totenkopf an. Und Penelope brachte Cola und Salzstangen mit.

„Die sind gut gegen Durchfall", sagte sie und lachte mich mit ihren vielen weißen Zähnen an.

Flo lachte nicht. Sie stand hinter ihrer Mutter und kaute auf ihrer Unterlippe herum.

„Und eine tolle Wohnung habt ihr", sagte Penelope weiter. „Wir haben auch mal hier im Viertel gewohnt, als Flo eingeschult wurde." Penelope seufzte. „Aber dann mussten wir umziehen, die Wohnung war einfach zu teuer."

„Wo wohnt ihr denn jetzt?", fragte Papai.

Penelope lachte wieder. „Wie es der Zufall so will, ganz in der Nähe von ..."

„Sag mal, wolltet ihr nicht arbeiten?", platzte Flo plötzlich dazwischen.

Penelope runzelte die Stirn, aber jetzt lachte Papai und das fand ich ziemlich ungerecht. Wenn ich mal dazwischenrede, gibt's Ärger und jetzt sagte er nur: „Recht hast du, Flo. Also, wir sind in der Küche, wenn ihr was braucht."

Dann waren Flo und ich allein in meinem Zimmer.

Eine Weile lang sagte keiner von uns ein Wort. Ich hockte auf meinem Bett und Flo lehnte an der Wand. Sie hatte die Hände in den Hosentaschen und schielte auf meine Bühne.

„Cool", sagte sie nach einer ganzen Weile. „Deine Bühne ist echt voll cool."

„Mhm", murmelte ich.

„Nee, echt", sagte Flo und setzte sich auf das Brett. „Darauf kann man richtig auftreten, oder?"

„Runter da", fauchte ich sie an. „Das ist meine Bühne, klar!"

Flo fuhr hoch. Sie machte einen Schritt auf mich zu und blitzte mich aus ihren dunkelblauen Augen an.

„Mann, du bist so eine Zicke", sagte sie. „Ich kann ja wieder gehen, wenn es dir nicht passt. Denk bloß nicht, dass es meine Idee war, herzukommen. Auf so eine wie dich kann ich gut verzichten, weißt du?"

Sie machte zwei Schritte auf die Tür zu. Da zwickte es plötzlich in meinem Magen. Wenn Flo jetzt in die Küche ging, würde Papai sicher böse auf mich sein, weil ich unhöflich war. Und ein klitzekleines bisschen kam ich mir plötzlich wirklich vor wie eine Zicke. Obwohl ich immer noch sauer wegen der Froschgeschichte war.

Flo drehte sich zu mir um. Ihr Gesicht war jetzt freundlicher. Und als ob sie meine Gedanken gelesen hätte, sagte sie plötzlich. „Das mit dem Frosch tut mir leid, okay? Ich konnte doch nicht wissen, dass du von so was in Ohnmacht fällst."

Ich schluckte. „Schon gut", sagte ich. „Aber das mit dem *Quak* machst du nie wieder, ja? Das war überhaupt nicht komisch! Und deine Scherze mit Gummifröschen lässt du gefälligst auch bleiben. Ich hab nämlich wirklich Angst vor so was."

Flo grinste mich an. „Versprochen", sagte sie.

Dann öffnete ich die Tüte mit den Salzstangen.

Eine ganze Weile macht es nur *Krick-krick. Krick-krick.*

So klingen Salzstangen im Mund.

„Die Bühne hab ich mit meinem Opa gebaut", sag-

te ich, nachdem ich die Salzstangen mit Cola runter-
gespült hatte. „Annalisa fand sie aber doof."

„Annalisa findet alles doof", sagte Flo. „Ich versteh
nicht, wie du die überhaupt einladen konntest."

„Sie war halt so nett zu mir an meinem ersten Tag."

„Ich war auch nett zu dir", brummte Flo.

Dazu sagte ich lieber nichts. Flo konnte ja schließlich nichts dafür, dass sie nach Fisch gestunken hatte
und dass ich Fischgeruch nicht ausstehen kann.

„Na ja, ist ja jetzt auch egal", sagte Flo und ging
wieder auf die Bühne zu. Stirnrunzelnd hielt sie die
kleine Colaflasche hoch. „Soll das ein Mikro sein?"

Ich verzog das Gesicht. „Ja, schon. Aber meine
Tante hat es angesabbert."

„Deine Tante?" Flo machte große Augen.

Jetzt musste ich lachen. „Meine Tante ist erst zwei",
erklärte ich. „Du hast sie doch gesehen. Sie war mit
uns auf dem Schulfest."

Flo lachte auch. „Cool. Eine Babytante. Stimmt,
die war echt süß. Aber das Mikro könnte man besser
machen." Sie stemmte die Hände in die Hüften und
sah sich in meinem Zimmer um.

Auf dem Boden lagen eine Menge Sachen verstreut.
Ich bin ein bisschen unordentlich, müsst ihr wissen.
Flo hob einen Tischtennisball auf.

„Ich hab eine Idee", sagte sie. „Habt ihr Alufolie?"

„Klar", sagte ich und ging in die Küche, um sie zu holen.

Flos Idee war wirklich gut.

Sie riss das Papier von der Colaflasche ab. Am Flaschenhals machte sie mit viel Tesa den Tischtennisball fest. Darum herum wickelte sie ordentlich viel Alufolie. Super! Jetzt fehlte nur noch der Griff. Dazu suchten wir in meiner Bastelkiste nach schwarzer Pappe. Die schnitten wir so zurecht, dass sie um den Flaschenkörper herumpasste. Unten dran klebten wir noch ein Stück altes Telefonkabel, das ich auch in meiner Bastelkiste hatte.

Fertig war das Mikrofon.

Es sah *richtig* echt aus.

Ich stellte mich auf die Bühne, setzte das Mikrofon an die Lippen und fing an zu singen. „Jäää, jäää, jäää!"

Flo schnappte sich meinen Plastikhocker und trommelte drauf herum. *Tamm, tamm, tamm!*

Das klang gar nicht so schlecht.

„Wir können ja ein Konzert machen", sagte Flo. „Aber dann musst du auch was anderes singen als nur ‚Jäää, jäää'."

„Was denn?", fragte ich.

„Tja also", sagte Flo und knetete ihr Ohrläppchen. „Englisch klingt cool."

„Ich kann aber kein Englisch", gab ich zu.

„Macht doch nichts", entgegnete Flo. „Du kannst so tun, als ob du Englisch singst."

Darüber hatte ich noch nie nachgedacht. Ich überlegte, wie Englisch klingt.

„Weo, weo", probierte ich. Flo nickte. Und dann fielen mir doch ein paar Wörter ein, die ich auf Englisch kannte. „Görl" zum Beispiel und „Beu" und „Män" und „Laf" und „Kiss". „Laf" heißt „Liebe", das wusste ich sogar, und „Kiss" heißt „Kuss".

Also fing ich an zu singen und Flo machte die Trommel.

Es klang ungefähr so:

„Weo, weo!
TAMM, TAMM
Kiss Män, Kiss Män
TAMM, TAMM
Laf Görl
TAMM, TAMM
Görl Män
TAMM, TAMM
Weo, weo!

TAMM, TAMM
Kiss Män, Kiss Görl
Laf Beu Weo!
TAMM, TAMM
TAMM, TAMM
TAMM, TAMM
Weo, weo!
TAMM, TAMM!"

Dann ging die Tür auf. Penelope, Papai, Oma und Tante Lisbeth standen im Zimmer und klatschten Beifall.

„Zugabe! Zugabe!", rief Penelope.

„Ola, lala", schrie Tante Lisbeth und klatschte wieder in die Hände.

„Na, Tante Lisbeth, willst du mitsingen?", fragte ich. Tante Lisbeth nickte. Ich nahm sie an die Hand und wir gaben eine Zugabe. Tante Lisbeth klatschte während des ganzen Liedes und die Erwachsenen waren richtig gute Fans.

Und als Flo am Abend gehen musste, war ich fast ein wenig traurig.

18.

WIR RETTEN EINE KRANKE KATZE

Am nächsten Tag konnte ich wieder zur Schule. Als Flo kam und sich neben mich setzte, grinsten wir uns an. Aber in den Pausen hatten wir nichts miteinander zu tun. Flo spielte mit den Jungs oder allein und ich spielte mit Frederike. So blieb es – bis wir am Ende der Woche ein richtiges Abenteuer zusammen erlebten.

Das kam so: Frederike und ich hatten uns neben dem Ziegengehege einen Hüpfkasten gemalt, als Flo aufgeregt auf uns zugelaufen kam. „Schnell, kommt mal gucken! Am Schultor liegt ein krankes Kätzchen!" Schon rannte sie wieder los und Frederike und ich liefen hinterher.

Tatsächlich! Das schwarz-weiße Katzenkind lag im Gebüsch und jaulte jämmerlich. Wir konnten keine Verletzung sehen, aber dass etwas nicht stimmte, war ganz deutlich.

„Nicht anfassen!", rief Flo, als Frederike die Hand

nach dem Kätzchen ausstreckte. „Vielleicht hat es Rattengift gefressen."

Ich bekam einen riesigen Schreck. Rattengift kann tödlich sein für Katzen. „Wir müssen Hilfe holen!", flüsterte ich aufgeregt.

Flo blickte sich um. „Die sind alle reingegangen. Mist! Ich glaub, es hat schon zum Unterricht geschellt!"

„Soll ich Herrn Koppenrat Bescheid sagen?", fragte Frederike. Herr Koppenrat ist unser Mathelehrer, bei dem wir jetzt eigentlich Unterricht gehabt hätten.

Flo kaute auf ihrer Unterlippe. „Ich weiß nicht", murmelte sie. Herr Koppenrat ist überhaupt kein netter Lehrer. Jedenfalls nicht zu allen. Irgendwie glaube ich, er mag keine Mädchen. Zu den Jungs ist er freundlicher, aber wenn ein Mädchen was Falsches sagt, kann er sehr, sehr ungerecht sein.

„Warte mal", rief ich. Aber Frederike war schon losgelaufen und das Kätzchen jaulte immer kläglicher.

Eine Minute später war Frederike wieder da. „Dieser Mistkerl!", schimpfte sie. „Wir sollen die Katze liegen lassen und sofort zum Unterricht kommen!"

„WAS?" Flo kriegte vor Wut ein ganz blasses Gesicht. „Das ist Tierquälerei! Die Katze braucht Hilfe, und zwar sofort."

„Wir können ja ins Sekretariat gehen", schlug ich vor, aber Flo hatte sich schon ihre Jacke ausgezogen. „Wer weiß, was uns die Sekretärin dann erzählt. Ich gehe jetzt mit der Katze zum Tierarzt. Kommt ihr mit?"

Ich schluckte. Das Schulgelände während der Unterrichtszeit zu verlassen war streng verboten. Aber dies hier war ein Notfall.

„Wo willst du denn jetzt einen Tierarzt finden?", fragte ich.

„Ich kenne einen." Flo hob das Kätzchen vorsichtig hoch und legte es auf ihre Jacke. „Ich habe einen Hamster, mit dem war ich schon zweimal in der Praxis. Also was ist, kommt ihr mit oder bleibt ihr hier?"

Frederike senkte den Kopf. Ich stand auf. „Ich komm mit!"

„Dann komm ich auch mit", sagte Frederike.

Der Tierarzt war nicht weit weg. Aber als wir dort ankamen, war das Kätzchen ganz still geworden.

„Hoffentlich stirbt es nicht", flüsterte Frederike. Ich sagte gar nichts, aber in meinem Bauch war der Teufel los. Richtig schlecht war mir vor lauter Aufregung. Im Wartezimmer saß nur eine alte Dame mit einem Dackel. Der hatte Husten, glaube ich. Jedenfalls machte er komische Geräusche, doch richtig krank sah er nicht aus. Die Sprechstundenhilfe war zum Glück sehr nett und nahm uns gleich an die Reihe.

Alle drei schoben wir uns in den Behandlungsraum und sahen zu, wie der Arzt das Kätzchen auf einen Tisch legte. Es atmete noch. Das konnte man sehen, weil sich sein Fell hob und senkte. Aber die Augen fielen ihm immer zu.

In meinem Hals saß ein riesengroßer Kloß. Frederike knabberte an ihren Fingernägeln und Flo kaute wie verrückt an ihrer Unterlippe.

„Wir haben Glück", sagte der Arzt, nachdem er die Katze abgetastet hatte. „Sie hat wirklich Rattengift gefressen, aber Gott sei Dank nur wenig. Ihr habt sie gerade noch rechtzeitig gebracht. Ein paar Minuten später und ich hätte nichts mehr für sie tun können."

„Und was machen Sie jetzt?", fragte Flo leise.

„Ich gebe ihr ein Medikament", sagte der Arzt, „und dann behalte ich sie noch ein wenig da, bis sie sich erholt hat. Es ist ja wirklich ein wunderschönes Kätzchen. Wem von euch dreien gehört es denn?"

„Keiner von uns", sagte Flo. „Wir haben sie im Gebüsch bei der Schule gefunden."

Der Arzt schüttelte uns allen dreien die Hand. „Dann seid ihr ja richtige Lebensretter", sagte er. „Da kann euer Lehrer aber stolz auf euch sein."

Herr Koppenrat war aber nicht stolz. Er war wütend, weil wir weggelaufen waren. Wir bekamen alle drei einen Eintrag ins Klassenbuch, vier Seiten Strafaufgaben und einen Brief an unsere Eltern.

Pah! Das war uns dreien pupsegal! Und Mama und Papai zum Glück auch. Mama sagte, wir hätten genau das Richtige getan, denn wer in Not ist, dem muss man helfen.

Nach dem Mittagessen traf ich Flo im Restaurant, weil Penelope und Papai dort arbeiten mussten. Flo kam auf die Idee, Zettel auszuhängen.

Wir schrieben: *KRANKE KATZE GEFUNDEN. SIE IST SCHWARZ-WEISS GEFLECKT UND DER BESITZER SOLL SICH BITTE MELDEN.* Darunter setzten wir meine Telefonnummer, weil ich in der Nähe der Schule wohnte.

Als Mama mich nachmittags abholte, kam Flo mit. Zusammen klebten wir die Zettel an Bäume, Laternen und Ampeln.

Dann gingen wir noch mal beim Tierarzt vorbei, um auch an seine Tür ein Schild zu kleben. Dem Kätzchen ging es besser, aber der Arzt wollte es noch bis zum Abend in der Praxis behalten. Und stellt euch mal vor: Auf dem Rückweg kam uns ganz aufgeregt Clarissa entgegengelaufen. Clarissa, die Friseurin! Sie hielt unseren Zettel in der Hand. An ihren Wangen liefen die Tränen herunter. Das Kätzchen gehörte ihr! Es war in der Nacht zuvor weggelaufen und sie hatte es schon überall gesucht. Sogar bei der Schule war sie gewesen, aber eben nicht im Gebüsch.

Das Kätzchen hieß Lisa und als Clarissa hörte, dass es ihm gut ging, fing sie vor lauter Freude erst richtig an zu heulen.

Sie schenkte jedem von uns zehn Euro und für Frederike gab sie uns auch zehn Euro mit. Das fand ich eine ganze Menge!

„Davon können wir uns Gummifrösche kaufen", grinste Flo. Ich kniff sie in die Seite, aber lachen musste ich auch.

Irgendwie fing ich an, Flo ein bisschen zu mögen. Nicht so sehr wie meine Brieffreundin Stella natürlich, aber viel, viel mehr als Annalisa und sogar mehr als Frederike.

Ja – und Stella: Der musste ich das alles natürlich

schreiben! Wenn sie erst gesund war, könnten wir uns treffen und dann würde ich ihr Lisa zeigen. Und meine Bühne und meine Schule und mein Restaurant. Und vielleicht ja auch Flo. Aber nur vielleicht.

19.

EIN BESUCH IN DER RAMBACHSTRASSE

Der dritte Brief von Stella kam fünf Tage später. Papai hatte ihn neben meinen Nudelteller gelegt. Inzwischen hatte ich ihr schon zweimal geschrieben und wartete ungeduldig auf ihre Antwort. Stellas Briefe waren einfach das Tollste!

Mit klopfendem Herzen riss ich den Umschlag auf.

„*Liebe Lola*", schrieb Stella. „*Vielen Dank für deine Briefe. Leider bin ich immer noch krank. Viele Grüße, deine Stella.*"

Ich ließ den Brief auf den Tisch sinken und mein Kopf fühlte sich plötzlich ganz schwer an.

„Was machst du denn für ein Gesicht, Cocada?", fragte Papai. Er saß mir gegenüber und schrieb lauter Namen auf ein Blatt Papier. Unser Restaurant brauchte nämlich noch einen Namen, aber Papai und Opa konnten sich nicht einigen.

„Ach nichts", brummte ich und schob den Teller mit Nudeln weg. Aber ich hätte Stellas Brief am liebsten in den Papierkorb geworfen. So lange hatte ich auf Post gewartet und jetzt kamen zwei schlappe Sätze!

Und noch immer keine Aussicht auf ein Treffen!

„Wo ist eigentlich die Rambachstraße?", fragte ich Papai, als wir nachmittags im Restaurant waren.

„Wo ist was?" Papai lag unter der Bühne und kontrollierte die Steckdosen. Die Bühne war sehr, sehr toll geworden. Sie war ganz aus Holz und hatte sogar eine kleine Treppe. Für die Eröffnung wollte Papai eine Band buchen. Das fand ich aufregend, aber im Moment waren meine Gedanken ganz woanders.

„Die Rambachstraße", wiederholte ich.

„Keine Ahnung", sagte Papai. „Schau doch mal im Stadtplan nach."

„Die Rambachstraße ist gleich um die Ecke", nuschelte Opa. Er stand auf der Leiter und bohrte Löcher für die Regale und er nuschelte, weil er ein paar Schrauben zwischen die Lippen geklemmt hatte.

„Darf ich, Papai?"

Keine Antwort.

„PAPAI! DARF ICH?"

„Hm?" Papai sah von seiner Arbeit auf. „Was denn?"

„Ob ich mal zur Rambachstraße darf!"

„Zur was?" Papai war schon wieder mit den Steckdosen beschäftigt. Manchmal können Erwachsene wirklich sehr anstrengend sein. Alles muss man dreimal sagen. Und wenn man selbst nicht hört, regen sie sich furchtbar auf.

Opa zwinkerte mir zu und nahm die Schrauben aus dem Mund. „Geh schon, Lola", sagte er. „Vor dem Restaurant rechts und dann gleich die nächste Straße links rein. Aber pass gut auf."

Ich lief aus der Tür. Dabei rannte ich fast Penelope über den Haufen. Sie trug eine riesige Schüssel mit Orangen. „Hoppla Lola, wohin willst denn du so eilig?"

„Och, nur eine Freundin besuchen", erwiderte ich hastig. Zum Glück war Flo heute nicht dabei. Auch wenn ich sie nun ein bisschen mehr mochte, war Stella natürlich etwas ganz anderes. Und die wollte ich ganz für mich allein haben.

Opa hatte recht. Die Rambachstraße war eine kleine Seitenstraße, die gleich neben dem Restaurant abzweigte. Als ich vor der Nummer 44 stand, juckte meine Kopfhaut wie verrückt und als ich auf den Klingelschildern nach dem Namen suchte, klopfte mir das Herz bis zum Hals. „Sommer" stand auf dem obersten Klingelschild. Direkt über „Winter", das war lustig. Sommer und Winter in einem Haus.

Die Tür summte und war schwer aufzustoßen. Das kam vielleicht aber auch, weil ich so aufgeregt war. Wie der Blitz raste ich die Treppen rauf.

Als ich in der vierten Etage ankam, war ich völlig außer Atem.

In der Tür stand eine alte Frau. Sie hatte weißes Haar und dunkelblaue Augen und lächelte mich freundlich an. „Hallo, möchtest du zu ..."

„Ja", sagte ich schnell. „Zu Stella. Ich wollte nur gucken, ob es ihr schon wieder besser geht."

Die alte Frau runzelte die Stirn. „Zu Stella? Da hast du dich in der Tür geirrt. Eine Stella wohnt hier nicht."

„Aber ..." Ich kratzte mich am Kopf. Plötzlich war ich nicht mehr aufgeregt, sondern nur noch verwirrt. „Aber hier ist doch die Rambachstraße 44, oder?", fragte ich zur Vorsicht nach.

Die alte Frau nickte. „Ja, das ist hier", sagte sie. „Aber eine Stella kenne ich trotzdem nicht. Tut mir leid."

„Ja. Danke. Wiedersehen."

Ich drehte mich um und ging die Treppen runter. Ganz langsam.

Vor der Haustür holte ich noch einmal Stellas Brief aus meiner Hosentasche. Aber da stand es doch: Stella Sommer. Rambachstraße 44 in Hamburg. Es MUSSTE also hier sein.

Mein Finger schwebte über der Klingel, aber dann zog ich ihn zurück. Noch mal klingeln nützte ja nichts.

Ob es in Hamburg vielleicht zwei Rambachstraßen gab?

Opa sagte, Nein.

War Stella umgezogen?

Darauf konnte mir natürlich niemand eine Antwort geben.

Ich überlegte, ob ich Stella schreiben sollte. Aber wenn sie nicht mehr in dieser Straße wohnte, dann würde mein Brief ja auch an die falsche Adresse kommen.

Meine Freundin sagt, in solchen Fällen sollte man logisch vorgehen, aber mehr Logik fiel mir nicht ein. Ich war einfach nur verwirrt. Und enttäuscht war ich auch.

Daran konnte auch Flo nichts ändern, die kurz darauf ins Restaurant gelaufen kam.

Sie hatte mir eine Packung Hubba-Bubba-Kaugummis mitgebracht. „Danke", sagte ich. Ansonsten sagte ich an diesem Tag ziemlich wenig. Flo fragte zum Glück auch nicht viel. Wenn ich schlechte Laune habe, muss man mich am besten ganz in Ruhe lassen und irgendwie schien Flo das zu fühlen.

Abends im Bett war ich wieder Jacky Jones, aber mit Stella Star trat ich heute nicht auf. Ich sang ein bisschen das „Weo-Weo-Lied" und dann versuchte ich noch einmal, Stella im Traum zu treffen.

Klappte aber nicht.

Stattdessen träumte ich von Herrn Koppenrat, der mich die ganze Nacht mit schrecklich schweren Matheaufgaben quälte.

DAS RESTAURANT BEKOMMT EINEN NAMEN UND FLO UND ICH VERTEILEN FLUGBLÄTTER

Stella war umgezogen. Daran gab es für mich die nächsten Tage überhaupt keinen Zweifel. Sie war umgezogen, ohne mir Bescheid zu sagen, und das machte mich sehr, sehr wütend.

Doch am dritten Tag, als ich vor dem Spiegel stand und mir die Zähne putzte, fuhr plötzlich ein ganz schrecklicher Gedanke in mich hinein: Was, wenn Stella gestorben war? Vielleicht konnte man ja doch an Scharlach sterben! Und vielleicht war ihre Mutter vor lauter Kummer dann weggezogen oder sogar hinterhergestorben. Aus Kummer kann man näm-lich sterben, das hat Opa mal gesagt und das glaube ich auch.

Plötzlich fühlte ich mich selbst ganz elend. Meine Freundin sagt, wenn Stella gestorben wäre, dann hätte doch nicht schon ein paar Tage später eine andere Frau in ihrer Wohnung gewohnt. Die hätte doch dann wissen müssen, dass dort jemand gestorben war.

Da hat meine Freundin natürlich recht. Aber damals kam ich nicht auf diesen Gedanken. Und Mama hatte es an diesem Morgen mal wieder so schrecklich eilig, dass sie meinen Kummer gar nicht richtig ernst nahm.

„Da sprechen wir nach der Schule drüber, Lola. Jetzt putz dir die Zähne, sonst kommst du zu spät."

In der Schule half ich Flo und Sol beim Ziegendienst und beim Mittagessen hörte Mama mir dann wirklich zu. Sie sagte, Stella wäre ganz bestimmt nicht gestorben. Das beruhigte mich. Aber das mit der Adresse konnte sich Mama auch nicht erklären.

Drei Tage hatte ich jetzt schlechte Laune gehabt, und als mich Mama nachmittags vor ihrer Arbeit ins Restaurant brachte, beschloss ich, mit Flo über die ganze Sache zu sprechen. Vielleicht hatte sie ja eine gute Idee.

Aber im Restaurant war so viel los, dass wir erst mal gar nicht zum Sprechen kamen.

Papai hatte noch einen Hilfskoch eingestellt, der hieß Mohammed und kam aus Afrika. Mohammed war sehr, sehr groß und sehr, sehr dick. Neben dem kleinen, dünnen Emilio sah er so lustig aus, dass Flo und ich die ganze Zeit kichern mussten. Wir nannten die beiden „Zwerg und Berg", aber natürlich nur im Geheimen.

Papai, Penelope, Oma und Tante Lisbeth saßen an einem der Tische und stritten über Restaurant-Namen.

Papai wollte „Tropical Brasil", aber das war Opa zu brasilianisch.

Opa wollte „Hafenrestaurant", aber das war Papai zu deutsch.

Penelope schlug „Sambrasil" vor, aber so hieß schon eine Kneipe auf der Reeperbahn.

Oma wollte das Restaurant „Ristorante Lilo" nennen, weil Lilo eine Mischung aus Lisbeth und Lola war, aber das fanden alle blöd.

„Wir brauchen ein bisschen was Deutsches und ein bisschen was Südliches", sagte Opa.

„Der Name muss magisch sein", sagte Penelope.

„Und ungewöhnlich", ergänzte Oma. Dann bekam sie einen Hustenanfall, weil sie sich an ihrem Saft verschluckte.

Opa klopfte Oma auf den Rücken und Tante Lisbeth sagte: „Huhu witzig!"

„Huhu" sollte „Husten" heißen und „witzig" war

Tante Lisbeths erstes richtiges Wort. Sie hatte es vor ein paar Tagen gelernt und seitdem sagte sie nichts anderes. Alles war witzig. Die Kartoffelsuppe, meine Bühne, Omas Buchladen, das Restaurant und sogar Penelopes Haare. Die standen ihr genauso sehr vom Kopf ab wie Flos Haare und sahen wirklich witzig aus. Tante Lisbeth liebte Penelope über alles. Auch heute saß sie wieder auf ihrem Schoß und ließ sich von ihr mit Erbsen füttern. Die waren natürlich auch witzig.

Als ich auf die Erbsen guckte, musste ich an Perlen denken. Und plötzlich fiel mir der Name für unser Restaurant ein.

„*Die Perle des Südens*", sagte ich feierlich.

Alle starrten mich an.

„*Die Perle des Südens?*", fragte Oma.

„Ja", sagte ich. „*Die Perle des Südens*. Das ist doch ein toller Name."

„Das ist ein supertoller Name", rief Flo. „Er ist ein bisschen deutsch und ein bisschen südlich. Und magisch ist er auch. Außerdem könnt ihr ein großes Glas auf die Theke stellen. Da kommen dann echte Perlen rein. Und zum Abschied bekommt jeder Gast eine Perle des Südens."

Die Erwachsenen machten große Augen.

„Also, ich muss sagen, das ist ein genialer Gedanke", meinte Opa.

Das fanden Penelope und Papai auch.

Nur Oma schien sich mit dem Namen nicht so sicher zu sein. „Also, ich weiß nicht", sagte sie. „*Die Perle des Südens*, das klingt doch irgendwie ..."

„... witzig!", beendete Tante Lisbeth ihren Satz.

Alle lachten.

Unser Restaurant hatte einen Namen!

Noch am selben Tag ging Penelope los und besorgte eine riesige Glasvase und 500 Perlen. Es waren natürlich keine echten Perlen, aber sie sahen ganz und gar echt aus. Sie schimmerten perlmuttfarben und waren sehr, sehr schön.

Flo und ich setzten uns zu Opa ins Hinterzimmer. Dort war das Restaurantbüro. Am Computer hatte Opa schon die Flugblätter für die Werbung gemacht. Jetzt brauchte er nur noch den Restaurantnamen einzutragen und dann konnten wir die Blätter ausdrucken. Sie waren grün und gelb, wie die Farben der brasilianischen Flagge. Auf jedem Flugblatt stand:

DIE PERLE DES SÜDENS
Restauranteröffnung mit Live-Musik
Am 16. Mai 2004
Ditmar-Koel-Straße 13

Unter den Text hatte Mama eine brasilianische Tänzerin gemalt. Ihr müsst wissen, dass Mama sehr schön malen kann, deshalb habe ich ihr ja auch in meiner Vorstellung ein eigenes Malzimmer gewünscht.

Am nächsten Tag durften Flo und ich die Flugblätter verteilen. Wir stellten uns vor die *Rickmer Rickmers*, das große Schiff. Da ist es immer am vollsten. Zur Eröffnung sollten ja schließlich viele Leute kommen!

Flo und ich hatten uns gelb-grüne Blumengirlanden um den Hals gehängt, damit wir schön brasilianisch aussahen. Flo schrie alle paar Minuten aus vollem Hals: „Aaaachtung, Aaaaaaachtung! Meine hooooochveräääääährten Daaaaaamen und Häää-ärren. Sääähr geäääährte Spaziiiiiergänger! Beachten Sie die Sensatiooooon des Jahres – und nääääähmen Sie ein Fluuuuuugblatt. Bitte sääääähr!"

Manche Leute schüttelten die Köpfe. Manche gingen auch vorbei. Aber die meisten lachten und ließen sich von uns ein Blatt in die Hand drücken. Das machte richtig viel Spaß.

143

Nur beim Anblick des Schiffes musste ich ein paarmal seufzen. In meiner Vorstellung sah ich den leuchtend roten Luftballon ganz oben am Mast hängen.
Und ich sah Stella, die zu ihm hochkletterte. Aber davon erzählte ich Flo nichts.

Ich hatte beschlossen, die Sache mit Stella doch
für mich zu behalten. Ich wollte nicht mehr darüber
sprechen. Ich wollte es am liebsten ganz vergessen.
Aber das gelang mir nicht, auch wenn mich das Restaurant und Flo davon ablenkten.

Ich mochte Flo inzwischen nicht nur ein bisschen
gern, sondern wirklich. Sie roch nicht mehr nach
Fisch und sie steckte voller toller Ideen. Sie ärgerte

mich nicht mehr mit Fröschen und in den Pausen spielten wir jetzt immer öfter zusammen. Manchmal auch mit den Jungs und oft mit Frederike. Die hatte Flo früher, glaube ich, auch nicht gemocht. Aber seit wir zusammen die Katze gerettet hatten, hatte sich das geändert.

Nach dieser Sache kam sogar Annalisa auf uns zu und wollte wissen, was mit der Katze passiert war. Flo kniff die Lippen zusammen. Das hätte ich an ihrer Stelle bestimmt auch getan. Aber Frederike und ich erzählten Annalisa die Geschichte und ich glaube, Annalisa war ziemlich neidisch.

In einer Pause zeigte mir Flo, wie man auf der Kampfbrücke kämpft. Das war ziemlich schwierig, weil die Brücke so wackelt. Aber Flo war unglaublich geschickt und nach einer Weile konnte ich es auch. Ich kämpfte mit Sol, mit Ansumana und mit der Kussmaschine. Mit Flo kämpfte ich auch, aber sie gewann immer.

Nur gab es da etwas, was Flo nicht konnte. Sie schrieb keine tollen Briefe und sie kannte keine magischen Wörter. Sie wusste nichts von meinem Geheimnis mit Jacky Jones und eine Sängerin als Mutter hatte sie auch nicht. Das alles hatte Stella.

Gehabt.

Jeden Tag nach der Schule schaute ich im Briefkasten nach Post.

Wir kriegten einen Brief von Oma Elizabetta und einen Brief von Tante Moema. Tante Moema ist Papais jüngste Schwester. Seine anderen Schwestern heißen Marisa, Maria, Marilia, Mara, Maira und Magdalena. Die schreiben aber fast nie.

Stella schrieb auch nicht. Und das fand ich sehr, sehr traurig.

WIR PLANEN EINEN AUFTRITT

Es waren noch drei Tage bis zur Restauranteröffnung. Flo und ich durften Flugblätter mit in die Schule nehmen und an alle Kinder aus unserer Klasse verteilen.

„Aber Annalisa kriegt keins", bestimmte Flo. Ich sagte: „Okay", aber dann machte Annalisa ein so trauriges Gesicht, dass ich ihr doch eins gab. Flo war wütend, aber die Tochter des Chefs war schließlich ich.

Als Papai und ich nachmittags ins Restaurant fuhren, musste ich wieder an Stella denken. Opa hatte ein riesiges Paket mit Luftballons besorgt. Die sollten mit Gas gefüllt und zur Eröffnungsfeier an die Tür gehängt werden.

„Oh nein", sagte Papa, als er die Ballons sah.

„Wieso?", fragte Opa. „Stimmt die Größe nicht?"

Papai seufzte. „Die *Farben* stimmen nicht, Felix! Ich wollte gelbe und grüne Ballons!"

Opa hielt zwei Ballons in die Höhe. „Sind die denn nicht gelb und grün?"

Ich musste grinsen. Die Ballons waren rot und blau und Opa guckte so bedröppelt, dass ich Mitleid mit ihm hatte. „Ist doch egal, Papai", sagte ich. „Rot und Blau sind auch schöne Farben."

Die *Perle des Südens* war fast fertig. Die Tische und Stühle standen an ihren Plätzen, das Regal hinter der Theke war voll mit Flaschen und Gläsern und der Boden glänzte wie verrückt.

Und die Bühne! Auf ihrem hellen Holzboden lag ein knallroter Teppich. Eine Band hatte Papai auch schon gebucht. Es war eine brasilianische Band mit einer dunkelhäutigen Sängerin, einem Gitarristen und zwei Trommlern.

„Eigentlich schade mit der Band", sagte Flo, als sie mit Penelope ins Restaurant kam. „Ich dachte, wir beide könnten auftreten."

Meine Kopfhaut fing an zu jucken. Auf die Idee war ich noch gar nicht gekommen. „Können wir nicht auch ein Lied singen, Papai?", fragte ich. Papai wollte schon mit dem Kopf schütteln, da sagte Flo: „Es kommen bestimmt ganz viele Kinder aus unserer Klasse. Bitte, Fabio, lass uns. Nur ein Lied."

Penelope grinste, Opa sah Papai an und Papai zuckte mit den Schultern. „Also gut. Warum eigentlich nicht."

Flo hüpfte in die Luft wie ein Springball. „Super! Ich trommle und du singst, ja?"

Wir verzogen uns sofort ins Hinterzimmer, um zu proben. Flo wollte wieder „Weo-Weo" singen, aber ich schüttelte den Kopf.

„Wir brauchen was anderes", sagte ich.

„Was denn?", fragte Flo.

„Ich weiß nicht", sagte ich. „Etwas Besonderes. Etwas Magisches. Einen richtigen Hit."

„Hm." Flo nagte an ihrer Unterlippe. „Einen richtigen Hit zu schreiben, ist aber ziemlich schwierig. Das weiß ich von ..." Sie hielt inne und sah mich lange an. „Ich muss dir was sagen, Lola", sagte sie leise.

Meine Kopfhaut kribbelte wieder. „Schieß los! Hast du eine Idee?"

„Nein", sagte Flo. „Es ... es ist etwas anderes."

Aber ich war viel zu sehr mit unserem Hit beschäftigt. „Wir brauchen jetzt *Ideen*, Flo. Komm schon, wir haben nur noch drei Tage Zeit. Wir müssen uns anstrengen!"

Wir strengten uns an.

Wir schrieben unsere Ideen auf. Wir hatten sehr, sehr viele Ideen.

Aber ein richtiger Hit war nicht dabei.

Als Papai und Penelope gehen wollten, saßen wir in einem Berg von zerknülltem Papier.

Auch nachts, als ich Jacky Jones war, fiel mir nichts Richtiges ein. In meiner Fantasie kannte ich viele tolle Hits. Aber in Wirklichkeit war es schwerer.

Schon wieder musste ich an Stella denken, deren Mutter Sängerin war. DER wäre bestimmt etwas eingefallen. Wenn ich Stellas neue Adresse gewusst hätte, hätte ich sie fragen können.

Obwohl ich inzwischen nicht mehr wusste, ob ich ihr überhaupt noch schreiben wollte.

22.

ICH SUCHE FLO UND
FINDE ETWAS UNGLAUBLICHES

Meine Freundin sagt, manchmal ist das Leben nicht mehr eine Krickelkrackellinie, sondern ein Überraschungsei. Plötzlich macht es *kracks* und heraus kommt etwas, mit dem man nicht gerechnet hat. Manchmal was Gutes und manchmal was Bescheuertes. Und manchmal etwas, das erst gut und dann bescheuert ist. Oder umgekehrt.

Am nächsten Tag machte *mein* Leben *kracks*. Es waren nur noch zwei Tage bis zur Eröffnung und ich hatte nichts als unseren Hit im Kopf. In der Mathestunde fragte ich Flo, ob ihr was Gutes eingefallen war. Sie schüttelte den Kopf und ich sagte: „Uns *muss* etwas einfallen, hörst du?"

Flo gab keine Antwort. Sie stieß mir unter dem Tisch gegen das Bein. Als ich aufsah, stand Herr Koppenrat vor meinem Platz. Seit der Sache mit der Katze hatte er es richtig auf uns abgesehen. „Soso", schnarrte er, „den beiden Dämchen muss mal wieder etwas einfallen. Na, da bin ich ja gespannt, was dir zu dieser Matheaufgabe einfällt, Lola. 27 mal 5. Ich bin ganz Ohr."

Herr Koppenrat sah mich an und lächelte. Aber es war kein nettes Lächeln. Sein Mund war ein dünner Strich und seine blassblauen Augen waren schmale Schlitze. Natürlich wusste er, dass mir zu seiner Matheaufgabe nichts einfallen würde. In Mathe war ich nämlich ziemlich schlecht. Und es war mir furchtbar peinlich, dass mich alle anschauten. Solche Momente kann ich ganz schlecht aushalten. Ich wusste nicht, wo ich hinsehen sollte.

Dann machte Herr Koppenrat etwas *richtig* Gemeines. Er hob seine Hand an den Mund und tat so, als ob er gähnte. Danach zwinkerte er den anderen zu. Aber niemand lachte und mir traten vor Wut die Tränen in die Augen.

Plötzlich sprang Flo neben mir auf. „Sie sind ja richtig ekelhaft! Pfui Spinne! Wenn ich der Schuldirektor wäre, dann würde ich Sie von der Schule schmeißen!"

In der Klasse war es jetzt stiller als still. Herr Koppenrat war auch still. Er durchbohrte Flo mit seinen Blicken und zeigte zur Tür.

Flo ging raus. *PENG* knallte die Tür zu. Ich blieb sitzen und fühlte mich schrecklich. Aber irgendwie fühlte ich mich auch gut, weil Flo das gesagt hatte. An den Gesichtern der anderen sah ich, dass sie es auch gut fanden. Herr Koppenrat fand es nicht gut. Sein Gesicht war dunkelrot. Aber für den Rest der Stunde ließ er mich in Ruhe.

Als Mama mich am Nachmittag ins Restaurant brachte, waren Papai, Opa, Zwerg und Berg mit den letzten Vorbereitungen beschäftigt.

Papai polierte die Gläser und Opa überprüfte noch einmal die Kabel an der Bühne. Das Mikrofon war auch schon aufgestellt. Rechts und links daneben standen die Boxen. Es waren schwarze Pyramiden, die echt cool aussahen. Berg faltete Speisekarten und Zwerg füllte die Gewürze in kleine Glaskästchen. Es waren sehr, sehr viele Gewürze in allen möglichen Farben. Rote, gelbe, braune, orangefarbene, schwarze, weiße – und eins war sogar grün. Zwerg ließ mich an allen Gewürzen riechen und dann durfte ich raten, was es war. Ich erriet Curry und Zimt und Nelken und Paprika und Oregano.

Als mir Zwerg ein schwarzes Pulver unter die Nase hielt, musste ich niesen.

„HATSCHI", nieste ich so heftig, dass das ganze Pulver nach oben stob. Zwerg kicherte. „Das war Pfeffer", sagte er. Dann musste er auch niesen. Siebenmal hintereinander.

„Hat Penelope eigentlich gesagt, wann sie und Flo kommen wollten?", fragte ich Papai.

„Ich glaube, um vier", entgegnete er und ließ seinen Lappen sinken. Die Tische glänzten spiegelglatt und Papai wischte sich den Schweiß von der Stirn.

Ich seufzte. Bis vier waren es noch fünfundvierzig Minuten und plötzlich fiel mir ein, dass wir gestern beim Ideensammeln fast das ganze Papier verbraucht hatten.

„Ich will Flo noch mal schnell anrufen", sagte ich. „Hast du vielleicht Penelopes Nummer?"

Papai wischte sich über die Stirn und zeigte zur Theke. „In meinem Handy, glaube ich. Bring mir mal meine Jacke."

Er durchwühlte alle Taschen, aber sein Handy fand er nicht. „Dann liegt es wohl zu Hause", sagte Papai.

„Guck doch im Telefonbuch nach", schlug Opa vor.

Das war eine gute Idee. Ich lief ins Hinterzimmer, aber dann fiel mir ein, dass ich gar nicht wusste, wie Flo und Penelope mit Nachnamen hießen.

„Sommer", sagte Papai. „Penelope heißt mit Nachnamen Sommer."

Sommer? Ich zuckte zusammen. So hieß doch ... also ... na, das war ja wirklich ein Zufall!

Mein Herz schlug ganz komisch, als ich in dem Telefonbuch herumblätterte. Telefonnummern suchen hatte Oma mir beigebracht. Eigentlich ist es ganz einfach, weil im Telefonbuch alles nach dem Alphabet geordnet ist. Als Erstes muss man den Anfangsbuchstaben vom Nachnamen suchen. S, zum Beispiel, kommt nach R und vor T. Dann sucht man den zweiten Buchstaben des Nachnamens. O kommt nach N und vor P. Dann sucht man den dritten Buchstaben und so weiter.

Ich legte meinen Zeigefinger auf *SOMITEAM*, rutschte runter zu *SOMM* und weiter zu *SOMMA*. Dann kam *SOMMER*. Meine Güte, das Telefonbuch war ja richtig voll von Sommers. Anderthalb Seiten lang. Jetzt musste ich nur noch nach dem Vornamen suchen. Die waren auch alphabetisch geordnet. Martina Sommer. Norbert Sommer. Penelope Sommer. Da war sie!

Unter dem Namen stand die Straße und neben der Straße stand die Telefonnummer. Aber so weit kam ich gar nicht. Auf dem Straßennamen blieb mein Zeigefinger stehen. Mein Herz blieb auch stehen. Penelope Sommer wohnte: in der Rambachstraße 44.

In meinem Kopf ratterte etwas.

Dann machte es *kracks*.

Ich ließ das Telefonbuch fallen.

Und rannte raus.

EIN FETZEN, EIN SCHNIPSEL
UND VIELE TRÄNEN

Zehn Sekunden später stand ich vor Flos Haus und klingelte Sturm. Als ich im vierten Stockwerk angekommen war, stand Penelope in der geöffneten Tür.

„Hallo Lola, das ist ja nett, dass du ...“

Ich ließ sie nicht ausreden. „Wo ist Flo?“, presste ich hervor.

Penelope runzelte die Stirn. „Sie ist in ihrem Zimmer. Ist was passiert?“

Oh ja, das war es!

Als ich die Tür zu Flos Zimmer aufstieß, war ich so wütend wie noch nie in meinem ganzen Leben.

„Du total beknackte, hundsgemeine KUH“, schrie ich. „Du mieser Kofferfurz! Du ... du ...“ Mir fielen vor Zorn überhaupt keine Schimpfwörter mehr ein. „Du hast mich reingelegt! Es gibt gar keine Stella, es gibt nur dich, du hast dir das alles ausgedacht! Und dann hast du auch noch blöd gelacht, als ich die Flaschenpost in der Klasse vorgelesen habe!"

Ich hatte den Türgriff umklammert und meine Knöchel waren ganz weiß. Flo saß an ihrem Schreibtisch und sah mich aus großen dunkelblauen Augen an. Neben ihr auf dem Tisch stand eine kleine Truhe. Sie war oben gewölbt und hatte goldene Schnallen und in ihrem Schloss steckte ein winziger Schlüssel mit einem roten Band. Die Schatzkiste! Stellas Schatzkiste mit den magischen Wörtern. Mit MEINEM magischen Wort, das jetzt auch darin lag. Aber es gab ja gar keine Stella und in mir kochte eine neue Wutwelle hoch.

„Du hast mich von vorne bis hinten belogen!", schrie ich Flo ins Gesicht.

„All der Scheiß mit dem Ballon am Schiffsmast und deiner Mutter als Sängerin und deinem toten Vater – und deinem bescheuerten Geheimnis! Und überhaupt: Gib mir sofort mein Wort zurück!"

Flos Lippen fingen an zu zittern und ihre Augen fingen an zu blitzen und mein Herz bollerte wie ein Presslufthammer.

Flo öffnete die Schatzkiste und holte einen schwarzen Pappschnipsel daraus hervor. Den warf sie auf den Boden.

„Da hast du dein Kackwort", sagte sie und ihre Stimme zitterte ganz komisch. Eine Träne kullerte ihr aus dem Auge. Das machte sie wohl wütend, denn plötzlich sprang sie wieder auf, wie heute Vormittag in der Schule. Aber jetzt schrie sie mich an, mit einer ganz hohen Stimme. „Es war nämlich überhaupt nicht alles gelogen! Meine Mutter IST Sängerin. Jedenfalls zur Hälfte. Und ich habe deinen bescheuerten Luftballon WIRKLICH gefunden, weil er nämlich WIRKLICH am Schiffsmast hing. Und zwar genau an dem Tag, als meine Mama sich in eurem blöden Restaurant vorgestellt hat. Aber einen Brief von mir hättest du doch gar nicht zu Ende gelesen, so doof, wie du mich fandest. Ich hab mir das mit Stella ausgedacht, weil ich mir WIRKLICH eine beste Freundin gewünscht habe! Und weil ich dachte, vielleicht bist du ja wenigstens in BRIEFEN nett! So, jetzt weißt du's! Und jetzt hau gefälligst ab aus meinem Zimmer! Dein kackdoofes Kaschambombahosch kannst du mitnehmen! Und deinen kackigen Luftballon erst recht!"

Flo griff wieder in die Schatzkiste und holte einen

roten Fetzen daraus hervor. Den warf sie auch auf den Boden. Aus ihren Augen kugelten jetzt ganz viele Tränen. Flo wischte sie mit ihrem Handrücken weg und rannte an mir vorbei aus dem Zimmer. *PENG* knallte die Tür zu. Zum zweiten Mal an diesem Tag.

Ich blieb im Zimmer stehen. Es war ein großes Zimmer mit einer riesigen Kletterwand und einem Hochbett, das mit lauter Tüchern verhüllt war. Auf dem Boden stand ein geöffneter Hamsterkäfig und an der anderen Zimmerwand ein Apothekerschrank. Er war braun angestrichen und hatte ungefähr hundert Schubladen mit weißen Etiketten. Die unterste Schublade war ganz aufgezogen und plötzlich lugte ein winziges Köpfchen daraus hervor.

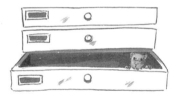

Flos Hamster. Er war hellbraun und hatte pechschwarze Augen, aus denen er mich neugierig und auch ein wenig ängstlich ansah. Ich schluckte. In meinem Hals saß ein dicker Kloß und mein Herz fühlte sich an, als wäre jemand darübergelaufen.

Als ich mich schließlich umdrehte, hatte sich die Zimmertür geöffnet. Penelope stand vor mir. Sie lächelte, aber ihre Augen sahen traurig aus.

Ich konnte nichts sagen. Ich konnte einfach nichts sagen. Ich bückte mich und hob den Pappschnipsel und den Ballonfetzen auf. Das schwarze Band war noch dran und an dem Band hing ein Zettel. Mein Zettel. Mit meinem Namen und mit meinem Wunsch.

Ich schob mich an Penelope vorbei zur Wohnungstür raus.

Als ich die Treppen runterging, liefen auch mir die Tränen runter.

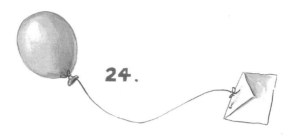

MAMA KENNT EINE GESCHICHTE

Draußen kam mir Papai entgegen. Er sah besorgt aus und nahm mich gleich in den Arm.

„Was war denn los?", fragte er immer wieder. „Du warst ja weiß wie die Wand, als du aus dem Restaurant gelaufen bist."

Ich wollte nichts sagen. Mir saß noch immer dieser blöde Kloß im Hals und ich war froh, dass Papai keine weiteren Fragen stellte. Er brachte mich nach Hause und dann rief er Mama im Krankenhaus an. Er musste unbedingt zurück ins Restaurant, weil dort die Band auf ihn wartete. Opa verstand ja kein Brasilianisch. Und die Band verstand kein Deutsch.

Eine halbe Stunde später war Mama da.

Ich hatte mich in meinem Raumschiff verschanzt und den Kopf zwischen den Knien vergraben. In meinen Fingern baumelte der Ballonfetzen. Ein labbriges, luftloses rotes Stück Gummi. Genauso labbrig und luftlos fühlte ich mich auch.

Mama setzte sich hinter mich.

So ein Superweltallexpressraumschiff kann ziemlich eng werden, wenn sich zwei Menschen darin aufhalten. Aber das war Mama anscheinend egal. Sie legte von hinten ihre Arme um mich und kitzelte mich mit ihrer Haarsträhne am Ohr.

„Lass das", brummte ich.

Die Haarsträhne wanderte zum anderen Ohr.

„LASS DAS!", schnauzte ich.

Die Haarsträhne wanderte zu meinem Nacken.

„LASS DAS!"

Das Schreien tat irgendwie gut. Es zersprengte den Kloß in meinem Hals. Aber dann musste ich wieder weinen.

Die Haarsträhne verschwand.

Nach einer Weile hörte ich Mama sagen: „Willst du mir nicht doch erzählen, was passiert ist?"

Ich erzählte es ihr.

Mama schwieg. Eine ganze Weile lang.

Dann sagte sie. „Ich kenne da eine Geschichte."

Ich stöhnte. Mama und ihre Geschichten. Die wollte ich jetzt wirklich nicht hören. Aber Mama erzählte sie mir trotzdem.

An dieser Stelle muss meine Freundin immer weinen. Sie sagt, es ist die zweitschönste Geschichte, die sie je gehört hat. Die schönste, sagt sie, ist natürlich unsere. Deshalb schreibe ich sie ja auch auf.

Die Geschichte, die Mama mir erzählte, hatte sie in der Zeitung gelesen. Sie handelte von zwei Freunden, die hießen Anton und Abraham. Die beiden wohnten Haus an Haus. Seit ihrer frühesten Kindheit waren sie Blutsbrüder und weltbeste Kumpel. Sie machten alles zusammen, sie teilten all ihre Schätze und sie hielten zusammen wie Pech und Schwefel.

Dann kam der Krieg. Der war stärker als Pech und Schwefel. Abraham verließ mit seinen Eltern das Land. Anton blieb in Deutschland. Er war neun Jahre alt und sein Freund fehlte ihm mehr als alles auf der Welt.

Irgendwann war der Krieg vorbei. Anton fand eine Frau und bekam einen Sohn und sein Sohn bekam wieder einen Sohn. So wurde Anton zum Großvater. Eines Tages, als sein Enkel neun Jahre alt war, kaufte ihm Anton einen Luftballon. Sein Enkel band einen Zettel daran, mit seinem Namen und seiner Adresse. Zusammen ließen sie den Luftballon steigen.

Eine Woche später kam der Enkel aufgeregt zu seinem Großvater gelaufen. Der Luftballon war bis nach

Holland geflogen! Dort hatte ihn ein alter Mann gefunden. Der Enkel zeigte seinem Großvater den Brief.
Der las ihn und dann fing er an zu weinen.

Der Mann, der den Brief gefunden hatte, war Abraham, Antons alter Freund. All die Jahre über hatte
Anton nichts von ihm gehört. Bis zu diesem Tag.

„Es ist schon ein Wunder", sagte Mama, „was sich
so ein Ballon manchmal für Wege sucht."

Dann drückte sie mich und stieg ächzend aus dem
Superweltallexpressraumschiff.

Ich blieb noch eine ganze Weile darin sitzen und
starrte auf den roten Gummifetzen in meiner Hand.

Als Mama mich später zum Essen rief, kriegte ich
nichts runter.

Und als ich abends im Bett Jacky Jones war, sang
ich die traurigsten Lieder, die die Welt je gehört hat.

25.

PENELOPE UND ICH SCHREIBEN
EIN LIED

Am nächsten Tag fehlte Flo in der Schule. Aber das Schlimmste war: Sie fehlte mir. Neben mir war ein richtiges Loch.

Ich konnte mich auf nichts konzentrieren, und als mich Frederike nach der Schule fragte, ob wir uns denn heute Nachmittag treffen würden, sah ich sie verständnislos an. „Wieso heute?"

„Weil heute Montag ist", sagte Frederike. „Weißt du nicht mehr? Wir waren doch verabredet."

Auweia. Das hatte ich völlig vergessen. Es stand irgendwo in meinem Matheheft, aber die Seite hatte ich längst verschlagen. Und einen Terminkalender besaß ich noch immer nicht. Mit Flo hatte ich so was auch gar nicht gebraucht. Wir hatten uns immer einfach so getroffen. Ich musste daran denken, wie Flo mich das erste Mal besucht hatte. Ich dachte an die

Rettungsaktion mit der Katze. An die Flugblätter, die wir am Hafen verteilt hatten. An die Mathestunde, in der Flo Herrn Koppenrat angeschrien hatte, weil er gemein zu mir war. Ich dachte an unsere Ideen für das Lied – und dann dachte ich an Flos Gesicht, als sie versucht hatte, mir etwas zu sagen. Jetzt wusste ich, was sie mir hatte sagen wollen. Aber ich hatte sie nicht ausreden lassen, weil ich in diesem Moment nur unser Lied im Kopf hatte. Das Lied für unseren Auftritt. Plötzlich dachte ich an morgen. Morgen war die Eröffnung.

Frederike stieß mich an. „Hey, träumst du? Was ist denn jetzt? Treffen wir uns heute Nachmittag, oder was?"

Ich starrte sie an. Dann schüttelte ich heftig den Kopf.

„Ich habe einen Termin", sagte ich. „Einen ganz furchtbar wichtigen Termin."

Mit diesen Worten schoss ich nach Hause.

Papai war schon im Restaurant und ich quengelte so lange, bis Mama mich dorthin brachte.

Als wir ankamen, besprachen Papai und Penelope gerade den Ablauf für die Eröffnung. Um 19 Uhr sollte es losgehen. Ich stürzte auf die beiden zu und riss Penelope am Ärmel. „Ist Flo zu Hause?", fragte ich. Penelope nickte und lächelte. „Willst du sie besuchen?"

„Nein", sagte ich. „Ich meine, *ja*. Aber später. Erst muss ich etwas von dir wissen. Bist du wirklich Sängerin?"

Penelope wurde ein bisschen rosa. „Na ja", sagte sie. „Von Beruf bin ich Kellnerin. Sängerin bin ich aus Leidenschaft."

Papai machte große Augen. „Mensch, Penelope. Davon hast du mir ja gar nichts erzählt."

„Das hätte ich schon noch", sagte Penelope. „Ich wollte erst mal sehen –"

Ich zerrte wieder an ihrem Ärmel. „Du, sag mal, kannst du auch Lieder schreiben?", fragte ich. Penelope nickte. „Das eine oder andere Stück habe ich schon selbst geschrieben, ja."

Ich kratzte mich wie wild am Kopf. „Dann MUSST du mir jetzt unbedingt helfen."

Papai runzelte die Stirn. „Moment mal, Cocada", sagte er. „Ich kann ja verstehen, dass du aufgeregt bist. Aber ich brauche Penelope jetzt auch."

Ich legte Papai die Hand auf den Arm. „Aber ich brauche sie dringender."

Penelope sah von Papai zu mir. Papai seufzte. „Also gut. Aber beeilt euch, wenn es möglich ist."

Ich zog Penelope ins Hinterzimmer. Zum Glück hatte Opa gestern neues Papier gekauft.

„Du musst mir helfen, ein Lied zu schreiben", sagte ich.

„Oje", sagte Penelope. „Und worüber?"

„Über einen Luftballon, der in den Himmel steigt. Es muss etwas mit einem Wunsch darin vorkommen. Einem Wunsch, der am Ende erfüllt wird. Es muss nicht in Englisch sein, aber es sollte sich reimen. Und es muss auch was mit TAMM TAMM sein, weil Flo dazu trommeln muss. Aber vor allem ...", ich holte noch einmal Luft. „Vor allem muss es ein richtiger Hit sein."

„Oje", sagte Penelope wieder. „Und das alles brauchst du jetzt sofort?"

Ich nickte.

Und Penelope machte sich an die Arbeit.

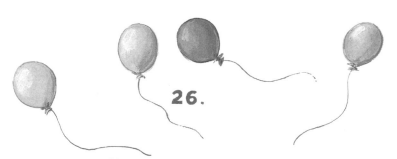

26.

ICH ÜBERBRINGE EINEN LUFTBALLON

Drei Stunden später drückte Penelope mir einen Zettel in die Hand. In der Zwischenzeit hatte Papai ungefähr 17-mal an die Tür geklopft und ich hatte ihn 17-mal wieder weggeschickt.

„Das muss reichen", sagte Penelope.

Ich las den Text und flog Penelope um den Hals.

Und wie es reichte!

Ich faltete den Zettel zusammen und steckte ihn in einen Umschlag. Dann schnappte ich mir einen neuen Zettel und schrieb darauf:

Liebe Flo,

in der Fantasie kann man alles sein und es ist nicht gelogen. Wenn ich Jacky Jones bin, kannst du Stella Star sein. Aber meine beste Freundin bist du auf jeden Fall. Ich hoffe, dass du nicht richtig krank bist, weil du nicht

in der Schule warst. Ich hoffe, dass du dich wieder mit
mir vertragen willst!!! Wenn ja, dann komme bitte
schnell ins Restaurant! Wir müssen doch unseren Auf-
tritt proben. Wir haben sogar ein Lied! Das hat eine
echte Sängerin geschrieben, und zwar nur für uns!
Ich wünsche mir so sehr, dass du kommst.
Deine beste Freundin Lola.

Ich stopfte den Brief zum Lied in
den Umschlag und machte in den
Umschlag ein Loch. Dann rannte
ich zur Bühne. Darauf saß Opa und
füllte die Luftballons mit Gas.

Ich schnappte mir einen
dicken, einen roten.

Daran band ich einen Faden und
ans andere Ende band ich den Umschlag.

Ich raste zur Rambachstraße. Ich klingelte Sturm.

Es summte, und ich rannte die Treppen hoch.

Eine ältere Dame öffnete mir die Tür. Es war die
Frau, die ich schon kannte. Damals hatte ich sie für
Stellas Oma gehalten. Jetzt wusste ich, dass es Flos
Oma war. Flo hatte mir sogar einmal von ihrer Groß-
mutter erzählt. Sie wohnte in einer anderen Stadt
und kam manchmal zu Besuch.

Offensichtlich hatte Flo ihrer Großmutter auch von mir erzählt.

Die alte Dame lachte, als sie mich sah. „Du bist bestimmt Lola", sagte sie. „Und ich glaube, ich weiß jetzt, zu wem du willst. Flo sitzt in ihrem Zimmer."

„Ist sie sehr krank?", fragte ich.

Die alte Dame schüttelte den Kopf. „Sie ist nur ein bisschen traurig. Aber ich hoffe, das wird sich bald ändern."

Ich hielt Flos Oma den Ballon hin. „Könnten Sie den bitte für mich abgegeben?", fragte ich.

Die alte Dame nickte. Ich drückte ihr den Ballon in die Hand und lief, so schnell ich konnte, zurück ins Restaurant.

Dort setzte ich mich zu Opa auf die Bühne und drückte mir selbst die Daumen, bis es wehtat.

27.

„GUCK MUL DU"

Es ist wirklich unglaublich, wie das mit der Zeit funktioniert. Eine halbe Stunde ist nämlich gar nicht eine halbe Stunde. Jedenfalls nicht im Gefühl. Wenn man auf Weihnachten wartet, fühlt sich eine halbe Stunde an wie zehn Stunden. Und wenn man nur noch eine halbe Stunde zum Spielen hat, bevor man ins Bett muss, fühlt sich dieselbe Zeit plötzlich an wie zwei Minuten.

Die halbe Stunde, in der ich auf der Bühne saß und wartete, fühlte sich an wie zehn Jahre. Als mir die Daumen vom Drücken wehtaten, waren etwa 15 Minuten vergangen. Die nächsten drei Minuten verbrachte ich mit Nasepopeln. Ich habe eine große Nase und manchmal sind richtig schön viele Popel drin. Heute war die Nase leider nicht sehr voll. Ich fand zwei kleine Krümelpopel im linken Nasenloch und einen großen Gummipopel ganz oben im rechten Nasenloch. Das war alles.

Als Nächstes fing ich an, mit den Füßen gegen die Bühnenwand zu trommeln. Das dauerte ungefähr zwei Sekunden, weil Papai mich anschrie: „He, Cocada, hör sofort damit auf. Du machst die Farbe kaputt!"

Ich fragte Papai, ob ich die Salz- und Pfefferstreuer auf den Tischen verteilen durfte. Ich durfte, aber als ich den vierten Streuer fallen ließ, fing Papai wieder an zu schimpfen.

Also stopfte ich mir eine ganze Packung Hubba-Bubba-Kaugummis in den Mund und versuchte, damit Blasen zu machen. Nach sieben Minuten taten mir die Backen weh. Mit einer ganzen Packung Kaugummis auf einmal kann man nämlich keine Blasen machen, weil dann der Mund zu voll ist.

„Komm mal her, Lolalein", sagte Opa, der anscheinend Mitleid mit mir hatte. „Wir spielen eine Runde Lippenquetschen."

Lippenquetschen macht Spaß. Das ist Opas und mein Spiel und es geht so: Abwechselnd muss einer dem anderen die Lippen quetschen und dann muss der andere etwas sagen. Opa war als Erster dran. „Mach den Mund weich", befahl ich. Opa machte den Mund weich und ich quetschte seine Lippen mit meinen Fingern ganz fest zusammen.

„Jetzt sag ‚Kuhfladen‘“, kommandierte ich.

„Kuhfludn“, sagte Opa. So klingt Kuhfladen näm-lich mit gequetschten Lippen.

Ich kicherte. „Und jetzt sag mal ‚Hammerhai‘.“

Opa sagte: „Hummmuhhu.“

Ich quetschte seine Lippen noch fester zusammen. „Jetzt sag ‚Luftballon‘.“

Opa rollte mit den Augen und sagte: „Guck mul du!“

„Nein“, sagte ich. „Du sollst ‚Luftballon‘ sagen!“

Opa zeigte mit dem Finger zur Tür und wieder-holte: „Guck mul du!“

Ich drehte mich um und guckte. Oben in der Tür schwebte ein roter Luftballon. Darunter stand Flo. Sie grinste. „Was ist? Proben wir?“

Ich sprang in die Luft.

Und dann probten wir.

Opa schaltete das Mikro ein. Ich sang und Flo trommelte auf einem Stuhl. Eine richtige Trommel hatten wir ja nicht, aber das sollte sich noch ändern.

Eine halbe Stunde später kam die Band zum Soundcheck. Ein Soundcheck ist, wenn man das Mikro und die Boxen so einstellt, dass die Stimme und die Instrumente gut klingen.

Der Gitarrist hatte eine knallrote Gitarre und die Trommler hatten brasilianische Trommeln. Congas heißen die. Die Sängerin hatte nur ihre Stimme dabei, aber die klang auch klasse. Schade, dass Penelope nicht dabei war. Die war mit Zwerg und Berg auf dem Markt, Essen einkaufen.

Während des Soundchecks mussten Flo und ich von der Bühne runter. Aber danach durften wir unser Lied vormachen und Flo durfte sich eine von den beiden Trommeln leihen.

Alle klatschten und die Sängerin sagte: „Das wird ja ein richtiger Hit."

Als ich mich an diesem Tag von Flo verabschiedete, drückte ich ihr den schwarzen Pappschnipsel in die Hand. „Da, dein Wort", sagte ich. „Das wollte ich dir noch zurückgeben."

„Danke", sagte Flo und steckte den Schnipsel in ihre Tasche. Ihre blauen Augen strahlten, als hätte jemand eine Taschenlampe dahinter angeknipst. „Kaschambombahosch ist wirklich ein tolles Wort. Es passt genau in meine Sammlung."

„Was sind denn sonst noch für Wörter drin?", fragte ich neugierig. „Außer Salombombolo, meine ich."

Flo legte den Finger an die Lippen. Dann kam sie ganz dicht an mein Ohr. „Meine anderen magischen Lieblingswörter heißen: Luandalabi und Mulumbu-lu", flüsterte sie. „Die darf man nur ganz leise sagen, sonst platzen sie wie Seifenblasen. Aber wenn du willst, zeige ich dir meine ganze Sammlung."

Flo zog an dem roten Schlüsselband, das um ihren Hals hing. Früher war es mir nie aufgefallen. Wahrscheinlich, weil der Schlüssel selbst unter dem T-Shirt versteckt war.

„Klar will ich deine Sammlung sehen", erwiderte ich. Penelope stand schon an der Tür und drehte sich nach Flo um. „Kommst du?"

„Halt, warte noch!" Ich hielt Flo am Ärmel, weil mir plötzlich noch eine andere Frage in den Kopf geschossen kam. „Wenn all das stimmt, was du als Stella geschrieben hast, dann ist ...", ich musste schlucken und ließ Flos Arm los, „dann ist dein Vater wirklich tot, oder?"

Flo nickte. Dann lief sie ihrer Mutter hinterher.

An der Tür drehte sie sich noch mal um. „Bis morgen, Lola. Ich freu mich."

Ja! Ich freute mich auch!

28.

MEIN LEUCHTEND ROTER
LUFTBALLON

Jetzt ist meine Geschichte fast zu Ende. Aber zuerst feierten wir Eröffnung. Es wurde das schönste Fest, das die Welt je gesehen hat.

Die Perle des Südens war proppenvoll. Vor der Tür hingen die Luftballons und an den Tischen saßen die Gäste. Fast meine ganze Klasse war gekommen. Sogar Annalisa mit ihren Eltern.

Papai, Opa und Penelope trugen schwarze Hosen und gelbe T-Shirts und Zwerg und Berg hatten weiße Kochjacken an.

Oma hatte sich extra ein dunkelrotes Kostüm gekauft und Mama trug ihr grünes Kleid. Das schillert und lässt sie aussehen wie eine Meerjungfrau. Meine Mama ist nämlich sehr, sehr hübsch, müsst ihr wissen! Aber Papai hat gesagt, er würde sie auch lieben, wenn sie aussähe wie eine vertrocknete Orange.

Tante Lisbeth trug wieder ihre Lederhose. In ihren Patschehänden hielt sie ein Geschenk von Penelope. Als sie es öffnete, bekam Oma schmale Lippen und ich prustete los.

Penelope hatte Tante Lisbeth das Buch „Hüpf, hüpf, Hopsi Häschen" geschenkt!

Warnend sah ich Oma an. „Wehe, du sagst jetzt was", hieß dieser Blick. Oma sagte nichts und Tante Lisbeth sagte: „Hasi. Witzig!"

Zur Begrüßung der Gäste gab es Caipirinha. Das ist ein brasilianisches Getränk mit Limonensaft und Alkohol und ganz viel Zucker. Für die Kinder gab es Guaraná. Das kommt auch aus Brasilien und schmeckt noch besser als Cola!

Als alle Gäste an den Tischen saßen, trat Papai auf die Bühne und hielt eine Rede. Er sah wichtig aus in seinem Anzug und seine Augen leuchteten und ich hätte vor lauter Stolz am liebsten laut gesungen.

Aber jetzt war erst mal die Band dran. Noch vor dem Essen spielten sie ihr erstes Lied. Die Sängerin trug ein hautenges Glitzerkleid und ihre Stimme klang wie Milch mit Honig. Es war natürlich ein brasilianisches Lied und ich sah, wie Papai sich neben der Bühne über die Augen wischte.

Dann nahmen Penelope, Papai und Opa die Bestellungen auf. Ich bestellte Feijoada. Das ist ein brasilianisches Gericht mit Bohnen. Oma und Mama bestellten Fleisch, Tante Lisbeth bekam Reis mit Ei und Flo bestellte Fisch. Das fand ich gemein. Aber Papai hatte recht. Der Fisch roch wirklich nicht so schlimm, wie ich befürchtet hatte. Und das Essen schmeckte sehr, sehr lecker!

Als alle fertig waren, spielte die Band noch ein paar Lieder und dann kam endlich unser großer Auftritt.

Flo und ich verzogen uns ins Hinterzimmer, um uns umzuziehen. Flo zog ihre löchrige Fransenjeans und ihr schwarzes Totenkopf-T-Shirt an. Ich hatte von Penelope eine schwarze Lederjacke bekommen. Dazu trug ich Tigerleggings und rote Stiefeletten von Mama. Die Stiefeletten und die Jacke waren ein bisschen groß, aber das war mir egal!

Jetzt mussten wir uns nur noch frisieren. Zuerst kam Flo. Sie machte ihre Haare mit Gel zu lauter Igelstacheln und sprühte sie anschließend mit einer halben Packung Glitzerspray fest.

Ich machte mir eine Toupierfrisur. Eine Toupierfrisur ist, wenn man die Haare mit einem Kamm richtig wild aufbürstet. Ich habe viele Haare und als ich sie allesamt aufgebürstet hatte, standen sie nach allen Seiten vom Kopf ab. Oma sagte später, ich hätte ausgesehen wie ein geplatztes Sofakissen. Aber Flo fand mich genial und ich mich auch.

Als wir fertig waren, gaben wir Penelope ein Zeichen.

Dann hielten wir uns hinten im Flur an den Händen und warteten.

Die Sängerin der Band kündigte uns an. „Verehrte Gäste. Freuen Sie sich jetzt auf ein besonderes Stück: Hier kommen Jacky Jones und Stella Star mit ihrem neusten Hit *Mein leuchtend roter Luftballon.*"

Als wir auf die Bühne zugingen, raunte es im Publikum. Meine Beine fühlten sich an wie Wackelpudding, und als ich das Mikro in die Hand nahm, hätte ich meine Kopfhaut am liebsten mit einer Drahtbürste gekratzt, so sehr juckte es.

Alle Augen waren auf uns gerichtet und für einen Moment dachte ich: Jetzt verschlägt es dir die Sprache.

Doch dann holte ich tief Luft und drehte mich zu Flo um. Sie stand vor der Trommel und grinste. Ganz ruhig wirkte sie – und das machte mich auch ruhig. Ich zog die Augenbrauen hoch und Flo nickte.

Dann fingen wir an:

Mein leuchtend roter Luftballon
TAMM TAMM, TAMM TAMM
Der flog mal in die Welt hinaus
TAMM TAMM, TAMM TAMM
Mein leuchtend roter Luftballon
TAMM TAMM, TAMM TAMM
Er flog bis über jedes Haus
TAMM TAMM, TAMM TAMM, TAMM TAMM

Mein leuchtend roter Luftballon
TAMM TAMM, TAMM TAMM
Der hatte einen Wunsch am Band
TAMM TAMM, TAMM TAMM
Mein leuchtend roter Luftballon
TAMM TAMM, TAMM TAMM
Er stieß wohl an den Himmelsrand
TAMM TAMM, TAMM TAMM, TAMM TAMM!

Mein leuchtend roter Luftballon
TAMM TAMM, TAMM TAMM
Hat meinen Wu-hunsch wahr gemacht
TAMM TAMM, TAMM TAMM
Mein leuchtend roter Luftballon
TAMM TAMM, TAMM TAMM
Er hat mir so viel Glück gebracht
TAMM TAMM, TAMM TAMM, TAMM TAMM
Oh ja, oh ja! Hurra, hurra!
TAMM TAMM, TAMM TAMM
Oh ja, oh ja! Hurra, hurra!
TAMM TAMM, TAMM TAMM, TAMM TAMM!

Als wir fertig waren, brach der Applaus los. Die Gäste klatschten, Mama, Papai und Penelope klatschten, Oma und Opa klatschten und Zwerg und Berg klatschten auch. Olaf Wildenhaus, der Fotografenfreund von Frederikes Mutter, machte ein Foto von uns. Flo nahm wieder meine Hand und ich quetschte ihre so fest, dass sie leise aufschrie. Gleich hebe ich ab, dachte ich. Es war wirklich ein sehr, sehr, sehr toller Moment.

Was wirklich abhob, waren die Ballons.

Die ließen wir am Schluss des Abends steigen. Doch vorher wurde noch kräftig getanzt. Die Band

kam wieder auf die Bühne und spielte wilde brasilianische Lieder. Opa tanzte mit Oma, Papai tanzte mit Mama, Penelope tanzte mit Berg und die Friseurin Clarissa tanzte mit Zwerg. Frederikes Mutter tanzte mit Olaf Wildenhaus, wenn der gerade keine Fotos machte. Annalisa tanzte mit Frederike und Sila mit Riekje. Annalisas Mutter tanzte mit Annalisas Vater und Frau Wiegelmann tanzte mit Tante Lisbeth.

Herr Koppenrat kam zum Glück nicht, den hätte ich auch gar nicht reingelassen. Dafür war Herr Maus gekommen! Er tanzte mit der Großmutter von Sol. Die war noch dicker als Berg, und wenn sie mit den Füßen stampfte, bebte der Boden. Flo und ich tanzten mit Sol und Ansumana und am Ende waren wir alle ganz nass geschwitzt.

Mit der Rechnung bekam jeder Gast eine Perle des

Südens und zum Abschied ließen wir die Ballons steigen. Opa band sie los und gab Flo und mir je die Hälfte in die Hand. Bei drei ließen wir los. Der Abendhimmel färbte sich rot und blau und wir starrten den Ballons nach, bis sie nicht mehr zu sehen waren.

Flo und ich hielten uns schon wieder an den Händen. So was machen beste Freundinnen nämlich, wenn sie glücklich sind.

Und glücklich, das war ich. Ich war sehr, sehr, sehr glücklich, das könnt ihr euch wohl denken!

Meine Freundin sagt, jetzt muss ich euch nur noch sagen, wer sie ist. Aber das wisst ihr doch längst, oder?

Meine beste Freundin ist Flo. Flo Sommer und manchmal ist sie auch Stella Star. Zusammen sind wir unschlagbar und ich glaube, wir werden noch eine ganze Menge toller Geschichten miteinander erleben.

Die erzähle ich euch dann, wenn es so weit ist. Okay?

Isabel Abedi wurde 1967 in München geboren und ist in Düsseldorf aufgewachsen. Nach ihrem Abitur verbrachte sie ein Jahr in Los Angeles als Au-pair-Mädchen und Praktikantin in einer Filmproduktion und ließ sich anschließend in Hamburg zur Werbetexterin ausbilden. In diesem Beruf hat sie dreizehn Jahre lang gearbeitet. Abends am eigenen Schreibtisch schrieb sie Geschichten für Kinder und träumte davon, eines Tages

© Hergen Schimpf

davon leben zu können. Dieser Traum hat sich erfüllt. Inzwischen ist Isabel Abedi Kinderbuchautorin aus Leidenschaft. Ihre Bücher, mit denen sie in verschiedenen Verlagen vertreten ist, wurden zum Teil bereits in mehrere Sprachen übersetzt und mit Preisen ausgezeichnet. Isabel Abedi lebt heute mit ihrem Mann und zwei Töchtern in Hamburg – und genau wie bei LOLA kommt auch in ihrer Familie der „Papai" aus Brasilien!

© Ulrike Schacht

Dagmar Henze wurde 1970 in Stade geboren. Sie studierte an der Fachhochschule für Gestaltung in Hamburg Illustration und hat seither bei verschiedenen Verlagen zahlreiche Kinderbücher illustriert. Wenn sie gerade nicht am Zeichentisch sitzt, geht Dagmar Henze gerne mit Isabel Abedi zum Joggen – und dann kommen die beiden direkt an LOLAS Schule, der Ziegenschule, vorbei! Denn Dagmar Henze lebt, genau wie LOLA, in Hamburg. Deshalb machen ihr die Zeichnungen für die LOLA-Bücher auch besonders großen Spaß.

willkommen in ...

Band 2
ISBN 978-3-7855-5337-4

Band 3
ISBN 978-3-7855-5534-7

Band 4
ISBN 978-3-7855-5692-4

Alle lieben Lola! Kein Wunder,
denn Lola ist ein echtes Original!
Selbstbewusst, lebensfroh
und immer authentisch
spiegelt Lola den Alltag unzähliger
Kinder – gewürzt mit einer Prise
Abenteuer und Humor!

... Lolas Welt!

Band 5
ISBN 978-3-7855-5674-0

Band 6
ISBN 978-3-7855-5675-7

Band 7
ISBN 978-3-7855-5676-4

Band 8
ISBN 978-3-7855-5677-1

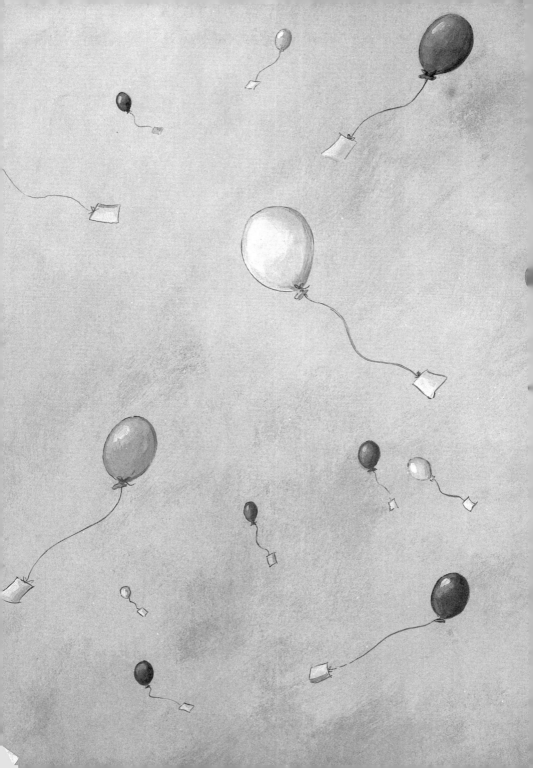